БОРИС АКУНИН

ПЕЛАГИЯ и

красный петух

2

act
ИЗДАТЕЛЬСТВО
Астрель
МОСКВА

УДК 821.161.1
ББК 84 (2Рос=Рус)6
    А44

Художественное оформление Андрея Бондаренко

Компьютерный дизайн А.Р. Казиева

Подписано печать 16.04.10. Формат 70х90/ 32.
Усл. печ. л. 9,86. Доп. тираж 12 000 экз. Заказ № 4612.

Акунин Б.

А44   Пелагия и красный петух : [роман в 2 т.] Т. 2 / Борис
Акунин. — М.: АСТ: Астрель, 2010. — 267, [5] с.

    ISBN 978-5-17-018633-4 (Т. 2) (ООО «Изд-во АСТ»)
    ISBN 978-5-17-013392-5 (общ.)
    ISBN 978-5-271-27912-6 (Т. 2) (ООО «Изд-во Астрель»)
    ISBN 978-5-271-27913-3 (общ.)

Роман «Пелагия и красный петух» завершает трилогию о
приключениях непоседливой очкастой монахини, преосвященного Митрофания и губернского прокурора Матвея
Бердичевского. На сей раз запутанная нить, которую раз-
матывает сестра Пелагия, заводит ее слишком далеко — туда,
откуда, быть может, и вовсе нет возврата...

УДК 821.161.1
ББК 84 (2Рос=Рус)6

© Б. Акунин, 2003
© ООО «Издательство Астрель», 2010

X

ПАУЧЬЕ ЛОГОВО

Ай да Бердичевский

Глядя десятнику Киевского участка не в глаза, а на мокрые губы, собранные в гузку для лобызания, Матвей Бенционович брезгливо процедил:

— Поцелуй Иуды. Что, узнал, поджидок?

Вот пригодилось и полезное слово, позаимствованное у «есаула».

Савчук выпучил глаза, а Коля разобрал губы обратно, и нижняя отвисла вместе с челюстью.

Теперь главное было буря и натиск.

— Хороши у вас «апостолы»! — напустился Бердичевский на заводчика. — Я этого субчика в «Бристоле» видал! Жидовское гнездо, жид на жиде! А этот перед ними на карачках ползает. Они ему «ты» да «Колька», а он их по имени-отчеству! Когда я вижу, как русские люди сами свою гордость топчут, у меня в глазах темно делается!

«Есаул» кинулся заступаться за Колю:

— Да он нарочно! Это мы ему поручили! В «Бристоле» все важные жиды останавливаются. Николай — наши глаза и уши!

— Он за паршивый гривенник до земли гнется! — не желал ничего слышать разгневанный прокурор. — Может, это он тут у вас жидовские глаза и уши!

Гнев Матвея Бенционовича был великолепен. Изо рта летели брызги, а руки размахались столь яростно, что носильщик попятился, налетел на стул и грохнулся на пол.

Упавшего кинулись поднимать.

— Уверяю вас, господин Дичевский, вы ошиблись, это наш человек! — уговаривал Бердичевского «есаул». — Многократно проверен! Он и в секретных акциях участвовал.

В конце концов статский советник дал себя успокоить, но не сразу, не сразу.

И тут последовала контратака со стороны оскорбленного Коли. Звенящим от обиды голосом он закричал, тыча пальцем в Матвея Бенционовича:

— У них волос не такой был, а чернявый!

Прокурор презрительно бросил:

— Дурак! Про краску для волос слыхал?

— Ты, Кольша, и вправду дурак, — пришел ему на помощь парикмахер. — Захаживай ко мне — я тебя враз в абрашку перекрашу.

— А зачем вы были перекрашены в еврея? — нахмурился Савчук.

Бердичевский сделал ему знак глазами — отойдемте-ка.

Зашептал «есаулу» на ухо:

— Завтра снова перекрашусь. У меня план. Хочу выдать себя за жида. Проникну в их круг, пощупаю, что они такое и с чем их кушать. Надеюсь получить от вас нужные сведения. Кто у них главный синедрионщик после отъезда Шефаревича?

— Вы с ума сошли! — всплеснул руками заводчик. — Да где вам с вашей внешностью за еврея сойти? Они чужого враз раскусят. И как ту девку — головой в омут...

— Двум смертям не бывать, а под лежачий камень — сами знаете, — со скромным мужеством, безо всякой рисовки сказал Бердичевский. — Давайте, Савчук, рассказывайте всё, что знаете.

«Инфернальная Зизи»

В пятницу с утра статский советник отправился на Большую Бердичевскую к начальнику губернского тюремного комитета, где навёл кое-какие справки.

После обеда предпринял рейд номер два — но не в ешибот «Гоэль-Исраэль» (от которого, впрочем, осталось одно здание). Нашёлся объект поинтересней.

Погода была отменная, почти летняя, и Матвей Бенционович решил пройтись, тем более что возникла потребность собраться с мыслями.

Как непохож был Житомир на любимый прокурором Заволжск!

Рай и ад, повторял Бердичевский, оглядываясь по сторонам. Здесь несомненный ад — невзирая на клейкие листочки, свежий ветерок и голубое небо. Наоборот, из-за природного благолепия мерзость города ранила взгляд еще больше. Сколь разительно отличался людской мир от Божьего!

Бог ниспослал житомирцам и упомянутое высокое небо, и пение птиц, и чудесный вид с Замковой горы на реку Тетерев.

Люди же от себя присовокупили к Божьему дару серые улочки с кривыми домами, загаженную навозом и плевками мостовую да еще собственные злые физиономии.

В Заволжске во всем ощущалась неброская прочность, добротность, здесь же главенствовали угрюмая нищета и какая-то рыхлость: того и гляди, домишки рассыплются в труху, и жители брызнут во все стороны, как ошпаренные тараканы. А еще чувствовалась особенная накаленность атмосферы, словно город был готов в любой момент вздыбиться и превратиться в место побоища.

Что за взгляды, что за лица, качал головой Бердичевский, тоскуя по заволжанам.

Житомирская толпа поражала своей пестротой. Помимо евреев, русских и украинцев в ней попадались и поляки, и немцы, и чехи, и раскольники, причем каждый одевался и держался по-своему, на инородцев смотрел свысока и мешаться с ними не желал.

Может, дело в разноплеменности? Нет, ответил себе Матвей Бенционович. В Заволжске тоже кого только нет — и татаре, и башкиры, и зытяки, и вотяки, и мордвины, и те же поляки. Одни придерживаются православия, другие старого обряда, третьи ислама, четвертые католицизма, пятые вовсе язычники. И ничего, уживаются, друг друга за глотки не хватают.

В голову Бердичевскому пришла неприятная антисемитская мысль, в самый раз для выкреста: а может, всё дело в евреях? Религия-то индивидуалистическая, каждый еврей существует наедине с Богом, то есть, считай, сам по себе. От этого евреи хороши, когда их мало. Если же их много или большинство, как в городе Житомире, то образуется слишком густая концентрация энергии, от этого атмосфера и искрит.

Хотя нет, в Петербурге евреев единицы, им там жить не дозволяется, а между тем в столице ощущение дремлющего вулкана поострей, чем в Житомире.

От воспоминания о Петербурге пришел и ответ. Не в евреях дело, и уж тем более не в разноплеменности и многоверии.

Дело во власти.

Вот в Заволжске власть правильная, и там все живут мирно, сосед на соседа зуб не точит, в штаны ему не заглядывает — обрезанный или необрезанный. А кому вздумается, сразу получит по загривку и от земной власти в лице губернатора, и от духовной в лице архиерея.

В Житомире же рознь между жителями поощряется, чему свидетельство тот же полицеймейстер Ликургович. То же и в Петербурге, а стало быть, и в масштабе всей великой империи.

Сверху производят сортировку национальностей и религий — какие получше, какие похуже, какие совсем никуда. Вот и выстраивается высоченная лестница, с которой Россия запросто может сверзнуться, переломать себе ноги, а то и шею.

На самой верхней ступеньке числятся православные великороссы, потом православные славяне нерусского корня, потом немцы-лютеране, потом грузины, армяне, мусульмане, католики, раскольники, евреи, а хуже евреев уже только запрещенные секты — какие-нибудь духоборы или хлысты. И каждый подданный знает, на какой из ступенек ему место, и каждый своим положением недоволен. В том числе и вроде бы привилегированные великороссы, потому что девять десятых из них голодны, неграмотны и живут хуже иных нижестоящих.

От этой аллегории попахивало социализмом, к которому Матвей Бенционович относился неодобрительно, почитая теорию насильственного равенства за вредный германский соблазн, покушающийся на неокрепшие умы. Посему прокурор со вздохом оставил философствования и вернулся к насущности. Да и пора было — Замковая гора осталась позади, начиналась Подгурка, которую инспектор губернских тюрем назвал «жутким еврейским клоповником».

Пожалуй, инспектор прав, думал Бердичевский, шагая по грязным улицам еврейских кварталов. Как это «опричники» умудряются при этакой нищете погромы устраивать? Тут и так всё разгромлено и разорено.

На чистого господина в котелке пялились с любопытством. Многие здоровались на идиш, кое-кто даже пытался вступить в беседу, но Матвей Бенционович вежливо уклонялся: *уншульдикен зи мир**, уважаемый, тороплюсь.

Статский советник перекрасился из ангелов обратно в брюнеты, для чего купил в знакомом «Salon de beaute» краску «Инфернальная Зизи», сулившую «шевелюру цвета воронова крыла с изумительно-антрацитовым отливом».

Природный колер волос восстановить не удалось (видимо, ангел и Зизи вступили друг с другом в какое-то химическое противоречие), и редеющая растительность на голове прокурора приобрела буро-красный цвет. Впрочем, евреи бывают и такой масти, поэтому Матвей Бенционович смирился. Даже порадовался новообретенной рыжине, которая словно бы приблизила его к Пелагии (сбереги ее Господь от всех бед и напастей).

У синагоги теснилась очередь из чудовищных оборванцев. Стоял шум, гам, но не русский, с ма-

---

* извините *(идиш).*

терщиной и бабьими взвизгами, а ноюще-жалоб-
ный, с причитаниями и воздеванием рук, одним
словом, самый настоящий еврейский *хипеш*. Ах
да, нынче вечер пятницы. Неимущим евреям раз-
дают *халяв* — кринки с молоком и халы, чтоб
было чем встретить субботу.

От синагоги рукой подать, вспомнил статский
советник указания инспектора. Надо только повернуть на Малую Виленскую улицу.

Вот он — одноэтажный серый дом с кривым
мезонином (по определению инспектора — «паучье
логово»).

На вывеске по-русски, по-польски и по-еврей-
ски написано «Ломбард и ссудная касса Эфраима
Голосовкера».

Совет ценой в двадцать пять тысяч

Звякнув колокольчиком, Бердичевский вошел
в контору, на первый взгляд производившую чрезвычайно запущенное, убогое впечатление. Однако,
если повнимательней приглядеться, оказывалось,
что пыльные, с трещинами стекла забраны проч-
нейшими стальными прутьями, в двери установлен
тройной английский замок, а сейф отливает мато-
вой крупповской сталью.

Прибедняться любим, мысленно заключил прокурор, разглядывая хозяина.

Господин Голосовкер был в засаленной ермол-
ке, дужка очков скреплена веревочкой, на локтях

пузырились тертые бухгалтерские нарукавники. Коротко взглянув на посетителя, он изобразил ужасную занятость, щелкнул костяшками на счетах.

Был в кассе и еще один человек — щеголеватый блондин с идеальным сияющим прибором. Этот стоял в углу, у конторки, и что-то переписывал в растрепанную учетную книгу.

— *Шабат шолом*, — поздоровался Матвей Бенцнонович по случаю приближающейся субботы.

Молодой человек прошелестел:

— Здравствуйте.

Взгляд у него был мягчайший, прямо шелковый.

Ростовщик же только кивнул. Посмотрел на вошедшего еще раз, подольше, и протянул руку ладонью кверху.

— Показывайте.

— Что показывать? — удивился Бердичевский.

— Что принесли, то и показывайте.

— С чего вы взяли, будто я вам что-то принес? Голосовкер закатил глаза, вздохнул и терпеливо, как малахольному, объяснил:

— Ко мне приходят либо-либо. Либо чтоб взять ссуду, либо чтоб заложить вещь. Вы же не *цудрейтер*, чтобы думать, будто я дам ссуду незнакомому человеку? Нет, вы не *цудрейтер*. Еврей, если он *цудрейтер* или, выражаясь культурно, идиот, не носит шляпу-котелок за двенадцать рублей и пиджак английского твида за сорок или даже сорок пять целковых. Значит, вы принесли вещь. Ну, что там у вас? Золотые часы? Кольцо с камнем?

Он сдвинул очки на кончик носа, вместо них спустил со лба на глаз лупу, пощелкал пальцами.

— Давайте, давайте. Я, конечно, не цадик и не раввин, но в пятницу вечером хожу в синагогу, а потом пою *«Шалом алейхэм, мал'ахэй га-шалом»* и сажусь за праздничный стол. Кеша, а вы что возитесь? — повернулся он к блондину. — Ей-богу, лучше бы я нанял какого-нибудь еврея-безбожника, чтобы сидел в конторе в пятницу вечером и в субботу.

— Сейчас-сейчас, Эфраим Лейбович, — кротко молвил Кеша и застрочил в книге с удвоенной скоростью. — Что-то я не вижу в описи бирюзовых бус мадам Слуцкер. Разве она не придет их выкупать? Завтра последний день.

— Придет, конечно, несмотря на субботу, и будет плакать, но денег у нее нет, а значит, отдавать бусы ей не придется. Я запираю их в сейф.

Пользуясь паузой, Матвей Бенционович разглядывал «паука», пытаясь определить, как с таким разговаривать. Наверное, лучше всего попасть в его же собственный тон.

— Ничего я вам не принес, мсье Голосовкер, — сказал статский советник, и голос сам собой заплел певучую интонацию, казалось, навсегда вытесненную долгими годами учебы и государственной службы. — Наоборот, хочу у вас кое-чего взять.

Ростовщик убрал руку, прищурился.

— Я буду давать кое-чего незнакомому человеку, хоть бы даже и в шляпе-котелке? По-вашему, я *шлимазл*?

Бердичевский сдержанно улыбнулся.

— Нет, мсье Голосовкер, вы не *шлимазл*. Великий Ибн-Эзра сказал: «Если *шлимазл* вздумает стать гробовщиком, люди перестанут умирать, а если *шлимазл* станет продавать светильники, то перестанет заходить солнце». У вас же с коммерцией, насколько мне известно, всё в полном порядке.

— Насколько вам известно? — переспросил Голосовкер. — А могу я поинтересоваться, *насколько именно* вам известно? Вы, извиняюсь, кто такой будете и откуда?

— Мордехай Бердичевский, — поклонился прокурор, назвавшись именем, которое носил до крещения. — Из Заволжска. И я в самом деле о вас много кой-чего знаю. — Заметив, как напряглось при этих словах лицо хозяина, Матвей Бенционович поспешно добавил. — Не бойтесь, мсье Голосовкер. Я хочу попросить у вас то, что охотно даст любой еврей, — совета.

— И вы приехали в Житомир из Заволжска, чтобы спросить у Эфраима Голосовкера совета? — недоверчиво прищурился ростовщик.

— Вы засмеетесь, но так оно и есть.

Засмеяться Эфраим Лейбович не засмеялся, но улыбнулся — немножко встревоженно и вместе с тем польщенно.

Бердичевский покосился на молодого человека, который всем своим видом показывал, что занят работой, ничего вокруг не видит и не слышит.

— Говорите, мсье Бердичевский. Кеша хороший мальчик, *а идише харц**, хоть и кацап. Он знает: что сказано в этих стенах, в этих стенах и останется.

Обладатель еврейского сердца будто и не слышал лестной аттестации — сосредоточенно зашуршал страницами, что-то там выискивая.

Прокурор тем не менее понизил голос:

— У меня в Заволжске ссудно-кредитное товарищество — вроде как у вас. Ну, может быть, немножко побольше.

Он показал большим и указательным пальцами, что совсем ненамного.

— И как вам это удалось? Ведь Заволжская губерния за чертой оседлости. Выкрестились?

— Нет, как можно, — укоризненно развел руками Бердичевский. — Как говорится, из свиного хвоста ермолки не сошьешь. Но это, скажу я вам, был еще тот *макес*. Пришлось записаться в купцы первой гильдии. Не подумайте, что быть купцом первой гильдии — *цимес мит компот*. Одно свидетельство стоило 565 рублей, да еще ведь нужно непременно вести оптовую торговлю, а какая в нашем ремесле оптовая торговля? Не хочешь опта — плати полицеймейстеру, *а лох им ин коп***, — взял грех на душу Матвей Бенционович, оклеветав честнейшего заволжского полицеймейстера.

Сам на себя удивлялся — до чего легко из памяти выскакивали словечки и выражения из детства.

---

* еврейское сердце *(идиш).*
** дырку ему в голову *(идиш).*

— Э, вы еще не видели нашей полиции, — печально улыбнулся Голосовкер. — Хуже *урлов* я не встречал даже в Белой Церкви.

Прокурор озадаченно моргнул, потом вспомнил: *урл* — это то же самое, что *гой*.

Однако пора было переходить к делу. И Бердичевский осторожно начал:

— Обратился ко мне один человек. Хочет открыть свое дело, просит ссуду в двадцать пять тысяч.

Эфраим Лейбович закатил глаза в знак уважения к такой сумме.

— Я бы не дал, потому что человек он в Заволжске новый и недвижимого имущества там не имеет, однако тут особенное обстоятельство. Сам этот человек *гой*, дворянин, а поручительство привез от еврея, да не какого-нибудь *лайдака*, а от уважаемого рава Шефаревича из вашего города.

Голосовкер поднял брови, и Бердичевский сразу замолчал — не последует ли какого-нибудь комментария. Нет, не последовало.

— Господин Шефаревич такой человек, что о нем и об «Гоэль-Исраэль» знают даже в Заволжске. От поручительства ребе так просто не отмахнешься. Да и процент выгодный. Однако я человек обстоятельный. Решил съездить, проверить. И что же я здесь узнаю? Оказывается, ребе поднялся в *Ерушалаим, елигер штот**, — произнося название священного города, Матвей Бенционович благоговейно воздел руки. — И еще выясняется, что мой клиент сидел здесь у вас в долговой яме.

---

* Иерусалим, священный город *(идиш)*.

— А, так я и знал, — с удовлетворением заметил ростовщик. — Проходимец.

— Погодите, не так всё просто. Сидел, но недолго. За него всё выплатили, до копейки. И как мне шепнули, выплатил долг не то сам ребе Шефаревич, не то его помощники. Значит, поручительству можно верить? К вам же, мсье Голосовкер, я пришел, потому что вы хорошо знаете моего клиента. Это некий Бронислав Рацевич, ваш бывший должник. Ведь это вы его упекли в яму?

— Я. — Хозяин кассы улыбнулся, как человек, вспоминающий прежнюю победу. — Умный коммерсант как распоряжается своими деньгами? Делит их на три части: основную вкладывает в дела надежные, но дающие небольшую прибыль. Другую часть пускает на предприятия средней рискованности — со средним же доходом. А малую часть тратит на прожекты совсем сомнительные, где запросто можно потерять все деньги, но зато при удаче и выиграешь много. В нашем с вами гешефте капиталовложение высокого риска — скупка безнадежных векселей. За десять, иногда за пять процентов. Ну да вы сами знаете. [Бердичевский кивнул, хотя эта ростовщическая премудрость была для него внове.] Чаще всего прогораешь, но иногда и повезет. Вот я скупил векселя Рацевича за тысячу целковых. Люди не надеялись вернуть свои деньги, потому что такой человек, в жандармском управлении служит. А я не побоялся. И получил сполна, всё пятнадцать тысяч. Вот что такое вложение высокого риска.

Голосовкер со значением поднял палец.

Выразив восхищение тороватостью собеседника, Матвей Бенционович осторожненько осведомился:

— Кто же оплатил векселя? Почтенный ребе Шефаревич?

Эфраим Лейбович сделал презрительную гримасу.

— Шефаревич станет выкупать жандарма? *А хиц ин паровоз!*

— «Жар в паровозе»? — не понял Бердичевский. — Что означает это выражение?

Ростовщик рассмеялся:

— Вам с вашей фамилией следовало бы знать. Это пошло из Бердичева, когда туда провели железную дорогу. Я хочу сказать: нужен Шефаревичу этот жандарм, как лишний жар паровозу.

— Однако же у них могут быть какие-то особые, не известные посторонним отношения...

— Нет, нет и нет, — отрезал Голосовкер. — Отношения между людьми, конечно, могут быть какие угодно, но пятнадцати тысячам у Шефаревича взяться неоткуда. Уж кому знать, если не мне. Шефаревич — и пятнадцать тысяч! Не смешите меня. В такой *умзин** можно поверить, только живя в Заволжске. Гоните Рацевича в шею, он мошенник. Не отдаст он вам денег, а поручительство он подделал — наверняка знает, что Шефаревич уехал

---

* чушь *(идиш)*.

и не вернется. Вот вам совет, цена которому двадцать пять тысяч!

И ростовщик сделал широкий, щедрый жест.

Триумф эмансипации

— Постойте, постойте, — заволновался Матвей Бенционович, у которого рушилась вторая и притом последняя версия. — Вы говорите, что у «Гоэль-Исраэль» не было денег, чтобы выкупить Рацевича. В это трудно поверить. Такой уважаемый человек, как ребе Шефаревич, не нуждается в капиталах. Ему достаточно приказать, и богатые евреи принесут столько, сколько нужно. Я слышал от человека, заслуживающего полного доверия, что почтенный ребе подобен пророку Иезекиилю. Люди говорят, что столь грозного и воинственного еврея не бывало со времен Иуды Маккавея, что в ребе Шефаревиче возродились сила и гнев Израиля.

— Плюньте тому, кто это вам говорил, в физиономию. Шефаревич обычный трескучий болтун, каких во множестве производит худосочная галутская земля. Они трясут бородой, сверкают глазами и грозятся, но при этом похожи на ужей — шипят громко, а кусают нестрашно. — Голосовкер тяжко вздохнул. — Маккавеи и в самом деле возродились, но они не носят пейсов и не соблюдают субботы, уж можете мне поверить.

— Вы о сионистах?

— О некоторых из них. — Ростовщик оглянулся на молодого человека и перешел на шепот. — Знаете, на что я потратил те пятнадцать тысяч, и даже еще пять тысяч сверху? — Он жалобно развел руками. — Вы не поверите. На осушение болот в какой-то палестинской долине. Как вам это понравится? Где Эфраим Голосовкер и где те болота?

— Это благородный поступок, — рассеянно обронил Бердичевский, думая о своем.

— Будешь благородным, если тебя просят так убедительно, *аз ох-н-вей...*

Интонация, с которой была произнесена эта фраза, заинтересовала статского советника.

— Вас заставили? Вымогательство?

— Нет, — горько усмехнулся Эфраим Лейбович. — Этот господин не вымогал. Он просто приехал ко мне в гостиницу. Такой вежливый молодой человек, при галстуке, в визитке. Сказал приятным голосом: «Голосовкер, вы богатый человек и разбогатели главным образом на том, что сосете кровь из еврейской бедноты. Пришло время поделиться со своим народом. Я буду вам очень признателен, если в течение трех дней вы внесете в кассу коммуны «Мегиддо-Хадаш» двадцать тысяч рублей. А если не внесете, мы увидимся снова». И таким, знаете, тихим голосом он это сказал, совсем не как говорит ребе Шефаревич. Я подумал: вот змея, которая не шипит, но уж если укусит — *нешине гедахт**. И

---

* не приведи Господь *(идиш)*.

мне ужасно не захотелось, чтобы мы с молодым человеком увиделись вновь.

— Когда это было? Где? И кто этот человек?

— Вы спрашиваете когда? Четыре месяца назад. Вы спрашиваете где? В городе Одессе, *зол дос фархапт верн**. Я поехал туда по коммерческим делам.

Матвей Бенционович напомнил:

— Я еще спросил, кто этот бандит?

— Вы сказали это слово, не я, — оглянулся на дверь ростовщик, хотя до Одессы отсюда было добрых пятьсот верст. — Многие евреи считают, что он герой. Если вы спросите меня, я вам скажу, что героев и бандитов пекут из одной муки, но это не важно. Вежливого молодого человека, который побывал у меня с визитом, звали Магеллан. Я навел справки у солидных людей. И они рассказали про этого Магеллана такое, что я подумал: пускай уже они будут, эти болота. То есть, пускай их уже не будет. Двадцать тысяч — очень большие деньги, но зачем они покойнику?

— Даже так? — усмехнулся Бердичевский, позабавленный рассказом. Кто бы мог ожидать от житомирского гобсека подобной впечатлительности?

— Я вам не буду пересказывать всё, что мне сообщили солидные люди про еврея по имени Магеллан, потому что это получится долго и ночью вам обязательно приснится кошмар, а кому нужны кошмары в ночь на субботу? Я расскажу вам только то, что я

---

* чтоб ему провалиться *(идиш)*.

видел собственными глазами, а потом вы уже будете говорить «даже так?» и усмехаться, ладно? — Голосовкер передернулся от нехорошего воспоминания. — Вы думаете, я *мишугенер*, чтобы за здорово живешь или даже с большого перепугу отдавать на какие-то болота двадцать тысяч? Два дня — это два дня, подумал я. За два дня Господь Бог успел отделить свет от тьмы и воду от суши — если уж говорить о болотах. Я прочел в одесской газете, что завтра у «Мегиддо-Хадаш» митинг, и решил посмотреть, что это за люди. Если совсем страшные — нынче же сбегу в Житомир, пускай мсье Магеллан поищет ветра в поле. А если не очень страшные, то сначала закончу свои одесские дела, а сбегу уже потом.

Пришел. Ну, митинг как митинг. Один еврей кричит громкие слова, другие слушают. Потом выходит другой еврей, тоже кричит. Потом третий. Долго кричат и во всю глотку, а слушают не очень хорошо, потому что евреи любят сами говорить, других слушать не любят. А потом вышел Магеллан. Говорил тихо и недолго, но слушали его так, как у нас в синагоге слушают кантора Зеевзона, когда он приезжает из Киева со своим хором из восемнадцати певчих. И когда Магеллан закончил и сказал: «Кто с нами — подписывайтесь под Хартией» (была у них какая-то там Хартия, вроде клятвы или присяги), то выстроилась целая очередь из парней и девушек. Все захотели осушать болота и сражаться с арабскими бандитами. И я подумал себе: Бог с ними, с одесскими делами, нынче же уезжаю в Житомир. Только вдруг расталкивает публику Фира Дорман и тоже начинает говорить речь. Вы, конечно, знаете Фиру Дорман?

— Это американская социалистка и суфражистка? Читал в газетах.

— Я не знаю, что такое «суфражистка», но если это те, кто говорит, что женщины не хуже мужчин, то это как раз про Фиру. Ее девочкой увезли в Америку, она набралась там всяких дурацких идей и приехала будоражить бедные еврейские головы, которые и так сикось-накось...

Значит, вышла Фира — стриженая, с папиросой, в каких-то шароварах, и как закричит зычным голосом — прямо фельдфебель на плацу: «Не верьте этому *шмоку*, девушки! Он тут врал вам про равноправие, про новое братство. А я у вас спрошу: что за слово такое — «братство»? Если равноправие, то почему не «сестринство»? И почему главный в коммуне — мужчина? А потому, что этот краснобай хочет заманить вас в новое рабство! К нам в Америку тоже приезжали такие, как он, устраивать коммуны! Я вам расскажу, чем это закончилось! Бедные девушки работали наравне с мужчинами, но еще и обстирывали их, и кормили, и рожали детей, а потом, когда они раньше времени состарились и утратили привлекательность, вчерашние «братья» привели новых жен, молодых, которым про равноправие больше не рассказывали!»

Фира еще немного всякого такого покричала, а потом как схватит ихнюю Хартию с подписями и порвала ее на мелкие кусочки. Шум, крик. А она встала напротив Магеллана, подбоченилась. «Что, язык проглотил, эксплуататор?» Он ей в ответ, еще тише обычного: «Я за равноправие полов. Я считаю женщин такими же людьми, как мужчины. И сейчас это докажу». Она ему: «Слова, опять слова!» Магеллан: «Нет, дела. Всякому мужчине, который посмел бы разорвать нашу святыню, я переломал бы его поганые руки. То же я сделаю и с тобой». Никто опомниться не успел — он схватил ее за рукав, дернул с такой силой, что Фира села на пол. А милый молодой человек взял и переломил ее руку о свое колено. Потом схватил Фиру за вторую руку — и то же самое. Ну, скажу я вам, это была картина! Хруст, треск! У Фиры рот разинут, глаза на лбу, а руки от локтей висят навроде плеток, один рукав задрался, видно, как течет кровь и сквозь порванную кожу торчит кость!

— М-да, субъект, — поморщился от натурализма описания Бердичевский. — И что, его арестовали? Это ведь, по Уложению о наказаниях, «нанесение телесных повреждений средней тяжести», тюремное заключение до пяти лет или каторжные работы до трех.

Сказал и смешался — очень уж по-прокурорски вышло. Но взволнованный страшным воспоминанием Голосовкер пропустил юридическую справку мимо ушей.

— Какой там! Фира в полицию жаловаться не стала. Назавтра приехала к этому Магеллану, обняла его загипсованными руками за шею и поцеловала — за то, что признал женщину равноправным существом. Только я этого сам не видел, потому что был уже на полпути в Житомир.

— Сбежали?

— Кинулся собирать деньги, — печально ответил Эфраим Лейбович.

— История, конечно, эффектная, но к моей проблеме касательства не имеет, — протянул Бердичевский. — Если Рацевича выкупил не раввин, то кто же тогда?

Ростовщик пожал плечами:

— Деньги поступили на мой счет, переводом из Киевского отделения «Русского торгово-промышленного и коммерческого банка».

— Неизвестно от кого? — дрогнувшим голосом спросил Матвей Бенционович.

— Неизвестно. То есть я, конечно, попробовал выяснить, но «Русский торгово-промышленный» — банк гойский, ни одного знакомого. А! — философски пожал плечами Эфраим Лейбович. — Какое мне дело? Кеша, вы наконец закончили?

Таинственный знак

Обратно на Малую Виленскую прокурор вышел в полном расстройстве чувств. Получалось, что поездка в Житомир затеяна зря, драгоценное время потрачено попусту.

Обе версии, одна правдоподобней другой, закончились пшиком. Есть малюсенький кончик, тянущийся из киевского банка, но это утешение небольшое. Как юрист, Бердичевский хорошо знал, что такое банковская тайна, и относился к этому институту с почтением. Можно, конечно, послать официальный запрос через прокуратуру, но это писанина не на одну неделю, а результат может все равно оказаться нулевым. Если отправитель денег желал сохранить инкогнито, уловок на то имеется предостаточно.

Матвей Бенционович потерянно остановился, плохо понимая, что ему теперь делать и куда идти.

Неужто расследованию конец? А как же Пелагия!

Вдруг сзади послышался мягкий тенорок:

— Господин... Как вас... господин Бердичевский!

Обернувшись, статский советник увидел миловидного приказчика Кешу.

— Разве вам можно вот так оставить кассу? — удивился прокурор. — Господин Голосовкер уже ушел?

— Запирает сейф, собственноручно, — тонко улыбнулся блондин. — Мне в такие моменты положено находиться снаружи.

— Что вам угодно? Вы хотите мне что-то сообщить?

Кеша как-то неопределенно наклонил голову, с запинкой спросил:

— Послушайте... вы ведь не владелец ссудно-кредитного товарищества, верно?

— С чего вы взяли?

Бердичевский смотрел на приказчика всё с большим вниманием.

— На самом деле вас интересует Рацевич, я догадался. И, кажется, знаю, почему.

— Почему же?

Тут молодой человек выкинул странную штуку: взял Матвея Бенционовича за левую руку и пощекотал ему мизинцем ладонь.

Прокурор от неожиданности вздрогнул, хотел было возмутиться такой неслыханной фамильярностью, но сдержался. Диковинное щекотание напоминало некий тайный знак.

— Ага, так я и знал, — кивнул Кеша, тихонько рассмеявшись. — Теперь понятно, почему вы хотите знать, кто выкупил Рацевича. У меня есть одна верная догадочка по интересующему вас предмету. Только я не еврей, а потому бесплатных советов не даю.

— Сколько? — спросил Бердичевский осипшим от волнения голосом.

XI

ГОРОД СЧАСТЬЯ

Еврейское счастье-1

Произносить речей над могилой не стали. Плакать тоже. Такой у коммунаров был уговор. Да и сама Рохеле, прежде чем начался предсмертный бред, попросила: «Не плачьте».

Малярия оказалась совсем не такой, как думала Малке. Утром Рохеле встала, как обычно, подоила коров, потом сели вместе перебирать семена и пели на два голоса «Не пробуждай воспоминаний», и вдруг она говорит: что-то потемнело в глазах, сейчас пройдет. А через полчаса уже вся горела огнем.

Малке повела ее в хан, а Рохеле всё повторяла: я сама, сама, ты иди, а то мальчики с поля вернутся, а у нас обед не готов.

Прибежал Магеллан, пощупал ей лоб и поскакал в Зихрон-Яаков за доктором Шерманом. А к ночи, когда приехал врач, Рохеле уже скончалась. Оказывается, малярия бывает и скоротечной.

Самую лучшую, самую красивую похоронили в темноте, при свете факелов. Малке обмыла не успевшее окоченеть тело — белое-пребелое, без единой родинки, нарядила покойницу в шелковое платье, надела городские ботинки, которых Рохеле поносить так и не довелось.

Вырыли яму у берега речки, под эвкалиптом, коммунары посадили его всего неделю назад. Дерево было еще совсем маленькое, но когда-нибудь оно вырастет мощным и высоким.

Поодаль стояла кучка арабов из соседней деревни, пришли поглазеть, какие у евреев похороны.

Ничего особенно интересного арабы не увидели.

Вышел Магеллан, сказал: «Это первая смерть, будут и другие. Не раскисать».

Потом забросали землей тело, обернутое простыней, и вернулись в хан.

А поминок не было вовсе, потому что сухой закон, и вообще, как сказал Магеллан, *нечего*.

Пока могла, Малке крепилась, а когда почувствовала, что больше не выдержит, схватила ведро и вышла — вроде как за водой.

Убежала за ограду хана, подальше, и там, конечно, наревелась вволю.

Когда шла обратно, услышала, как в кустах тоже кто-то глухо вздыхал, всхлипывал. Кто бы это? Наверно, Сеня Левин — он всегда так смотрел на

Рохеле. Хотя это мог быть кто угодно из оставших-
ся двадцати пяти. Даже сам Магеллан.

Мимо кустов Малке проскользнула мышкой.

Коммуна «Новый Мегиддо» только что отмети-
ла месяц со дня своего рождения.

За небольшой срок сделать успели немало.

Во-первых, починили и покрасили заброшенный
хан, доставшийся вместе с землей. Хан — это дом-
крепость: глухой прямоугольник с одними-един-
ственными воротами. Внутри по одной стене —
жилой барак, по другой — хлев, по третьей — склад
для инвентаря, по четвертой — амбар.

Миша-агроном показал, где лучше сеять пше-
ницу, где высаживать апельсиновые деревья и ку-
курузу, где устроить пастбище. Земля, купленная
вдоль берегов реки Киссон, была хорошей, тучной.

Магеллан, умница, всё предусмотрел. Даже эв-
калиптовые саженцы закупил — чтобы высасывать
из заболоченной почвы лишнюю влагу. А сколько
умудрился собрать денег на коммуну! Просто вол-
шебник. Хватило не только на большой участок, но
и на необходимое оборудование, припасы, две повозки, четырех лошадей, две коровы, сборную ме-
ханическую мельницу.

Согласно Хартии, имущество было общим и не-
делимым. Все коммунары равны, и всё у них по-
ровну. На первом же собрании постановили: никаких флиртов и любовей. Не из-за ханжества, а потому что всего две девушки на двадцать пять парней,

не хватало еще, чтобы начались ссоры и душещипательные драмы. Да и потом, семья — это дети, а заводить в Городе Счастья потомство было пока рано. В общем, любовь отложили на после, когда обустроятся и когда из России приедет побольше женщин.

Завесили для Малке и Рохеле угол — вот и вся сегрегация. Одевались они так же, как мужчины, никаких поблажек не просили и не получали.

Трудней оказалось выполнить другое постановление — говорить между собой только на иврите. Древнееврейский хорошо знал только один из коммунаров, Изя-ешиботник. Каждый вечер учил остальных, и все старались, но днем пока разговаривали по-русски. Как скажешь на иврите «спички», «ружье»? Изя изобретал какие-то новые слова, вроде «огневых щепок» или «гром-палки», но это уже был не древнееврейский, а черт знает что.

Какие еще были решения?

Не принимать помощи от барона Ротшильда, не уподобляться в этом другим переселенцам. Во-первых, Ротшильд — капиталист и эксплуататор, а, во-вторых, нужно привыкать во всем полагаться на собственные силы.

Никаких батраков — обрабатывать землю только своими руками. Не для того же они учредили коммуну, чтобы паразитировать на труде туземных пролетариев? (Из-за этого у коммунаров сразу же испортились отношения с соседней арабской деревней — феллахи надеялись, что евреи дадут им работу.)

Но самым чреватым оказалось решение отказаться от «охраны», поскольку черкесы, бедуины и оседлые арабы давно привыкли к этому источнику дохода и даже дрались между собой за право опекать каждое еврейское поселение.

В «Новый Мегиддо» явились посланцы и из бедуинского лагеря, и из черкесского аула, и от местного шейха, но Магеллан всем им дал от ворот поворот, сказал: у нас есть оружие, мы сами себя защитим.

Из-за этого жить пришлось, как в осажденной крепости.

Арабы — те больше воровали, а вот бедуины с черкесами оказались настоящими разбойниками.

Как-то ночью стали кричать из темноты, палить в стены. Было страшно, пули чмокали в глину. Но Магеллан раздал ружья и велел дать залп. Помогло — крики стихли.

Утром же выяснилось, что пропали три тягловые лошади, которые паслись за воротами. Исчез и бедуинский лагерь. Кочевники свернули шатры и скрылись в неизвестном направлении. Магеллан хотел погнаться за ними на единственном уцелевшем коне, едва отговорили.

Бедуины ушли, но арабы с черкесами остались и только ждали своего часа.

Доктор Шерман, живущий в ротшильдовском селении Зихрон-Яаков, говорил Магеллану: «Не уподобляйтесь библейскому царю Иосии, молодой человек. Он отказался подчиниться фараону и погиб, а заодно погубил и всё царство Иудейское. Между прочим, произошло роковое сражение в той самой Мегиддонской долине, где мы сейчас с вами находимся».

А Магеллан ему: «Здесь наше царство погибло, отсюда оно и возродится». Хорошо ответил, красиво.

Но сегодня, когда Рохеле закопали в илистую землю, доктор снова стал увещевать Магеллана, и теперь тот молчал, потому что ответить ему было нечего.

Доктор Шерман сказал: «В разбойников можно стрелять, иногда это помогает. Но в малярию стрелять бесполезно. Как вы могли купить землю в этом гиблом месте, не посоветовавшись с нами, старожилами? И ведь это только начало, главная беда придет летом, когда начнется пик лихорадки. Нужно было кроме низовой, пахотной земли купить еще и участок на холме. Разве вы не видите, что местные жители селятся только на возвышенностях? Там ветерок сдувает болотные миазмы. Впрочем, арабы вам участок на холме ни за что бы не продали. Они, хитрецы, дождутся, когда наступит малярийный сезон и большинство из вас перемрет, а тогда за бесценок выкупят землю обратно. Или так заберут... Это мы, евреи, их испортили. Раньше они жили своим трудом — скудно, но честно. А мы своими еврейскими деньгами свели их с ума. Зачем возделывать собственную землю, если можно заработать больше, обрабатывая нашу? Зачем вообще надрываться, если есть такие дурачки, как вы?»

Магеллан все больше и больше темнел лицом. Косился на остальных коммунаров, прислушивавшихся к мрачным пророчествам. А потом как рявкнет: «Вон отсюда, старый ворон! Нечего каркать!»

Доктор обиделся и уехал. Жалко его, он хотел как лучше, но Магеллан поступил правильно. Они же клятву давали: лечь в эту землю костьми, но от своего не отступиться.

А Рохеле уже легла костьми, подумала Малке и содрогнулась, вспомнив, как противно чавкала под лопатами гнилая могила.

Но скрепила сердце и сказала себе: пускай. Приедут другие. Уже едут. И даже если меня тоже закопают в болотную жижу, это все равно будет лучше, чем если бы я осталась дома и прожила там до пятидесяти или даже до ста лет. Что это была бы за жизнь? Бессмысленное бабье прозябание: муж, дети, повседневные заботы.

И потом, Магеллан такой красивый!

— Эй! Эй! Скорей сюда!— заорал с крыши хана Саша Брюн, дозорный. — Глядите!

Раньше, когда была собака, дозорного не выставляли. Магеллан говорит, надо нового пса завести, но где возьмешь другого такого, как Полкан?

Все бросились наверх, к вышке, стали вглядываться в сумерки.

Какие-то тени возились у реки — там, где час назад похоронили Рохеле.

— Разрывают могилу! — кричал Саша. — Я сначала не понял, что это они там, а потом пригляделся... Честное слово, разрывают!

Засуетились, заметались, не зная, что делать. Потом появился Магеллан, крикнул: «За мной!» И тогда все похватали кто топор, кто берданку и побежали к эвкалипту.

Рохеле лежала, полуприсыпанная мокрой грязью. Совсем голая. Даже нижней рубахи на ней не оставили — всё до нитки сняли.

Взвизгнув от ярости, Магеллан выхватил из кобуры револьвер и огромными прыжками понесся по тропе, что вела к арабской деревне. До нее было две версты.

Малке первая бросилась за ним. Задыхалась, размазывала по лицу слезы, но не отставала, даром что коротконожка. Остальные бежали сзади.

Когда преодолели половину расстояния, кто-то из задних крикнул:

— Магеллан! Гляди! Пожар!

Оглянулись, увидели черный силуэт хана, подсвеченный красным мятущимся пламенем.

Кинулись обратно. Теперь бежать было трудней, потому что выдохлись.

Дом спасли — благо в бочке была вода. Сгорел только навес для инвентаря. Но мешки с коллекционными семенами исчезли, обеих коров и коня в хлеву тоже не было. Из стены был выворочен несгораемый ящик, в нем неприкосновенный запас — три тысячи рублей. Пропала и новенькая американская борона, которая в Палестине на вес золота.

На земле отпечатались конские копыта.

— Подкованные, — сказал Магеллан, светя фонариком. — Значит, не бедуины — черкесы. Сидели в засаде, ждали ночи. А тут им такая удача — мы сами выскочили, даже ворот не заперли...

— Это называется «еврейское счастье», — вздохнул Колизей. — Как же мы теперь без семян, без бороны, без денег?

Кто-то (Малке не узнала голоса — так он дрожал) всхлипнул:

— В Зихрон-Яаков нужно. Пропадем мы здесь...

Одни причитали, другие трясли кулаками в бессильной ярости, третьи стояли, опустив голову.

Малке, например, плакала. Не от страха, а очень жалко было бедняжку Рохеле и еще коров, особенно Пеструху, что давала целых два ведра молока.

А Магеллан не ругался, руками не махал. Покончив со следами копыт, пошел проверять, добрались ли грабители до погреба, где хранилось оружие.

Когда вернулся, спокойно сказал:

— Оружие они не нашли. Значит, не всё потеряно. Хотят войны — будем воевать.

— С кем воевать? С Даниэль-беком? — недоверчиво спросил Шломо-аптекарь.

Еврейское счастье-2

Про черкесов было известно, что в Палестине они появились лет двадцать—двадцать пять назад по указу султана, который наградил своих верных башибузуков хорошими землями за храбрость в войне с русскими и сербскими гяурами. Перед тем как стать турецкими воинами, эти кавказские люди воевали под зеленым знаменем великого Шамиля и покинули родные горы, отказавшись стать подданными царя. Его османское величество решил по примеру северного соседа обзавестись собственными казаками, которые станут опорой султанской власти в неспокойных областях дряхлеющей державы. Абдул-Хамид рассчитывал, что даст воякам землю, освободит от податей, а дальше они прокормятся сами. Будут приглядывать за неспокойным арабским населением, возделывать пашню, выращивать баранов. Но казаками вчерашние башибузуки не стали — слишком долго, чуть не сто лет, жили одними войнами и набегами, так что от мирных занятий совсем отвыкли.

Их служба состояла в том, чтобы блюсти порядок на дорогах. Черкесы, однако, поняли эту миссию по-своему, так что вскоре каждый проезжающий должен был платить им мзду. Когда же торговые караваны начали объезжать черкесские аулы стороной и дорожные поборы иссякли, лихие люди нашли себе новые источники дохода: нанимались в те же караваны охранниками или ловили преступни-

ков, за чью голову власти обещали награду, а иной
раз и сами занимались грабежом либо похищали
богатых путешественников для выкупа.

Полиция с черкесами не связывалась, потому
что каждый из них был прирожденным воином: с
младенчества ездил верхом, без промаха стрелял и,
как черт, рубился шашкой.

Аул, расположенный неподалеку от коммуны
«Новый Мегиддо», слыл самым воинственным. Если
черкесы из других селений понемногу втягивались
в оседлый образ жизни и отходили от разбойных
привычек, то клан Даниэль-бека по-прежнему считал любую работу для джигита зазорной и добывал
пропитание исключительно винтовкой и кинжалом.

Дело было в самом беке. Уже глубокий старик,
он всю жизнь провел на коне и часто говорил, что
умрет тоже в седле. Умирать, однако, Даниэль-беку
было еще рано. Несмотря на семьдесят с лишком
лет, был он крепок и непоседлив, недавно взял себе
новую жену, тринадцатилетнюю, и она, говорят, уже
забеременела.

Под значок Даниэль-бека (шестиконечная звез-
да с полумесяцем и конский хвост) вставало до по-
лусотни всадников. Свою деревню они выстроили
так же, как на родном Кавказе: на вершине круто-
го холма поставили каменную дозорную башню,
вокруг — низкие сакли. На башне днем и ночью
стоял часовой, зорко смотрел во все стороны света.
Собак черкесы не держали, потому что горские псы,
которых они привезли с собой, палестинского клима-

та не выдержали, а местную лядащую породу пришельцы презирали.

В этом-то обстоятельстве Магеллан и усмотрел слабину черкесской твердыни.

Когда коммунары поняли, что их предводитель не шутит и в самом деле хочет объявить войну Даниэль-беку, во дворе хана сделалось тихо. Даже Малке, готовая поддерживать Магеллана всегда и во всем, испугалась — не перегнул ли он палку, не отшатнутся ли от него остальные.

Но Магеллан держался так, будто подобная возможность даже не приходит ему в голову.

— Смотрим сюда, — деловито начал он, насыпав кучку земли и воткнув в нее сучок. — Это холм, это башня. Камешки — сакли.

— А это что? — спросил кто-то, показывая на извилистую черту.

— Речка. Тут склон крутой, почти обрыв. А на юго-западе, вот здесь, пологий спуск и дорога...

Это он здорово придумал, с макетом. Все сгрудились вокруг и вместо того, чтобы причитать и спорить, разглядывали Магелланово творчество.

— Задача ясная, — сказал он, вытирая руки об штаны. — Раз и навсегда отучить черкесов к нам соваться. Ну и, конечно, вернуть похищенное.

— Магеллан, они ведь добром не отдадут. Стрелять будут, — тоскливо произнес Колизей.

— И мы будем. Разве я вас не учил?

— Если хоть одного убьем, начнется кровная месть. Нам же рассказывали... И конца этому не будет...

Магеллан рубанул ладонью воздух:

— Постараемся обойтись без смертей. Но если не выйдет, придется уничтожить всех черкесов мужского пола. До последнего. Иначе — Колизей прав — вовек не развяжемся.

— Всех-всех? — переспросила Малке дрогнувшим голосом. — Даже маленьких мальчиков?

Раздался нервный смех.

Саша Брюн сказал:

— Я и во взрослого-то вряд ли смогу выстрелить, не то что в ребенка. Брось, Магеллан, это жизнь, а не роман Фенимора Купера.

— В том-то и штука, Сашуля, что это не роман, а жизнь. Или она тебя на карачки поставит, или ты ее. — Магеллан тряхнул головой, на лоб упала каштановая прядь, и Малке залюбовалась — до того он сейчас был хорош. — Арабы называют евреев *уляд-эль-мот*, «сыны смерти», потому что мы всего боимся. Пора показать и арабам, и черкесам, и бедуинам, что пришли новые евреи, которые ничего не боятся. А вернее, не новые — старые. Те самые, которым принадлежала эта земля две и три тысячи лет назад. Не умеете стрелять в людей — научитесь. Итак, кто со мной?

Малке сразу подняла руку и крикнула:

— Я!

После нее, девушки, трусить было неловко. Один за другим коммунары потянули ладони кверху.

— Я и не сомневался, — пожал плечами Магеллан. — Действовать будем так. Шломо и Колизей остаются стеречь хан. Малке, ты с ними, за старшую. Смотрите, чтоб арабы не набежали, последнего не разворовали. Все остальные — за мной.

Ах, хитренький! Чтобы умаслить, назначил старшей, оставил дома с двумя дохляками! Ну уж нет!

— Ну уж нет! — объявила Малке. — Пускай Шломо с Колизеем запрутся и никому не открывают. А я с вами пойду. Равенство так равенство!

И настояла на своем, уж будьте уверены.

Двадцать четыре коммунара, вытянувшись цепочкой, шли по пустой дороге через широкую долину. Луны не было, звезд тоже — небо заволокло тучами. Магеллан вел свое войско быстрым шагом, почти бегом — надо полагать, нарочно, чтобы все силы уходили на движение, а думать и колебаться было некогда.

Винчестеры имелись только у шестерых, у остальных берданки или охотничьи ружья. Малке и вовсе достался дробовик для утиной охоты. Еле поспевая за Магелланом, она всё повторяла про себя: сначала взводишь две маленькие железки, потом нажимаешь указательным пальцем на крючок; сначала железки, потом крючок...

План (или, как его по-военному назвал Магеллан, «диспозиция») был такой: вскарабкаться на холм со стороны обрыва, потому что с башни в эту сторону обзор хуже. Затаиться в кустах и ждать рассвета. Едва достанет света, чтобы прицелиться, Магеллан подстрелит часового, и тут нужно со всех ног бежать в башню, засесть в ней и держать весь аул на прицеле. Чуть кто высунется из сакли — стрелять, сверху деревню будет видно, как на ладони.

— Заставим капитулировать, — бодро заявил Магеллан. — Вернем награбленное и еще штраф с них возьмем. Труп будет всего один, и тот на мне, а я ни кровной мести, ни черта, ни дьявола не боюсь.

Малке смотрела на него и вдруг подумала: если б он полюбил, за такое счастье ничего не жалко. Но сразу, конечно, прогнала вздорную мысль прочь, потому что нетоварищеская и вообще — как он ее полюбит, коротконогую, похожую на гусенка.

Про то, как лезли вверх по круче, можно было бы написать комедию в пяти актах. Или трагедию.

Янкель-скрипач укатился вниз, в реку. Вылез мокрый и всё икал, клацал зубами.

Меир Шалевич порвал штаны о колючки — белел в темноте прорехой на седалище.

Недотепа Брюн, подтягиваясь вверх, вместо корня ухватился за змею. Хорошо не укусила — перепугалась спросонья, шмыгнула в сторону. А еще повезло, что у Саши астма. Хотел он заорать, да только задохнулся. Иначе вся диспозиция была бы провалена.

Но всё же кое-как вскарабкались. Залегли на самом краю, хватая ртами воздух.

Скоро пот высох, коммунары начали зябнуть, а рассвет всё не приходил.

Это было самое тяжелое. Теперь, от неподвижности, в голову полезли разные нехорошие мысли. Если б не обрыв внизу, может, кто-нибудь и не выдержал бы, дал стрекача.

Магеллан это чувствовал. На месте не лежал — всё время перемещался вдоль цепочки. Одному шепнет пару слов, другого ободряюще похлопает по плечу.

А ей, Малке, сжал локоть, шепнул: «Малыш, ты у меня умница».

И сразу стало нисколечки не страшно. «Малыш», «у меня»!

Справа от Малке лежал Лёва Сац, самый молодой из коммунаров, ему едва исполнилось семнадцать. Он всё ворочался, вздыхал, а как только мрак начал светлеть, принялся строчить что-то на бумажке.

Подполз к Малке, губы прыгают.

— Меня убьют, — шепчет. — Я чувствую. На письмо, перешлешь маме, в Москву.

— Да что ты выдумываешь! — зашипела она.

— Я не выдумываю. Те, кого убьют, всегда чувствуют перед боем, я в книжке читал.

Малке письмо взяла, стала прислушиваться к себе — есть предчувствие смерти или нет. И тут же ощутила: есть. Умрет она сегодня, сто процентов умрет. Надо бы тоже своим написать. Будут читать всей улицей и плакать...

Попросила у Лёвы листок и карандаш, уже и начало написала: «Дорогие мои мама и папа! Знайте, что я ни о чем...»

И вдруг по цепочке прошелестело:

— Пора! Пора!

Магеллан, пригнувшись, побежал к изгороди, за которой виднелась первая сакля.

Остальные медлили. Малке, подхватив ружье, засеменила за командиром первой.

Двигались вроде журавлиного клина: в центре Магеллан, справа от него, чуть отстав, Малке, слева Лёва, прочие — по обе стороны.

Магеллан установил винтовку на плетень, осторожно вынул из тряпицы оптический прицел, вставил в паз.

Над плоскими крышами торчала башня грубой каменной кладки. Три яруса, в каждом по узкой бойнице. Наверху открытая площадка, и меж зубцами видно голову и плечи дозорного.

Неужто можно попасть с такой дали, усомнилась Малке. Тут ведь шагов сто, не меньше.

Магеллан приложился щекой к прикладу, зажмурил глаз.

Она зажала дробовик между коленей, уши прикрыла ладонями. Сейчас как жахнет! И тогда нужно будет скорей нестись к башне, пока не проснулись черкесы.

Но Магеллан не выстрелил. Толкнул Малке в плечо и, когда она отняла от ушей ладони, возбужденно прошептал:

— Спит! Ей-богу, дрыхнет, как сурок. В прицел видно! — И зло прибавил. — Не держат нас за мужчин. В голову не приходит, что мы способны мстить! А ну вперед! Попробуем обойтись без крови! Передай по цепочке: разуться.

Все сняли обувь и побежали за Магелланом, смешно задирая колени, как это бывает, если крадешься на цыпочках.

Двигались уже не клином, а гурьбой.

Малке закусила губу, чтобы не ойкать, когда в подошвы впивались острые камешки. В одной руке держала сапоги, в другой ружье. Шорты спереди вымокли от росы.

Во дворах было тихо, только где-то заголосил петух.

Вот и площадь — собственно, одно название, что площадь: просто широкий пустой треугольник между башней, маленькой глинобитной мечетью и двухэтажным каменным домом (должно быть, принадлежащим самому беку).

У крыльца стояла распряженная арабская повозка, хантур.

Вдруг Малке замерла на месте. Возле колеса повозки сидел прикованный за шею человек. Он не спал, смотрел на евреев выпученными от ужаса глазами.

Еще бы! Зрелище было не для малодушных.

В тусклом свете занимающегося дня неслышно ступающие коммунары, должно быть, выглядели сборищем огородных пугал.

Впереди — Магеллан в мексиканском сомбреро, на груди крест-накрест патронные ленты. У Менделя на голове колониальный пробковый шлем, у Брюна — фетровый котелок, прочие кто в арабских платках, кто в фесках. Малке — в мамином прощальном подарке, соломенной шляпке с фарфоровыми вишнями.

Магеллан погрозил рабу винчестером, и тот вжал голову в плечи, прикрыл ладонью рот — мол, молчу-молчу.

Только подобраться к башне бесшумно всё равно не получилось. Хромой Додик Певзнер споткнулся о камень, выронил берданку, и сонную тишину разодрал выстрел.

Громко выругавшись по-матерному, Магеллан огромными прыжками понесся к башне и исчез внутри. Остальные, вскинув ружья, бросились за ним. Задержались только Малке с Лёвой — пожалели беднягу, которого, как пса, держат на цепи.

Где-то закричала женщина. Потом, в другом конце аула, еще одна.

— Твою мать! Твою мать! — повторил вдруг за Магелланом раб — черноглазый, с живой, смышленой физиономией. — Вы русские! Я тоже русский! Спаси-сохрани!

И быстро-быстро закрестился по-православному.

— Что-то непохож, — заметил Лёва, пытаясь прикладом разбить цепь.

— Я русской веры! Араб, но русский!

— А мы евреи, — сказала ему Малке.

Лёва махнул рукой — чего уж теперь осторожничать. Приставил к цепи дуло, выстрелил. Цепь разлетелась надвое.

— Скорей! — крикнула Малке, хватая русского араба за руку.

Услышав про евреев, тот как-то обмяк, попытался уползти под повозку, но Лёва подхватил его с другой стороны, и все втроем добежали до башни.

Внутри ждали двое коммунаров — сразу же заложили дверь толстым брусом.

Потом все вместе кинулись вверх по лестнице.

Бойцы отряда толпились в третьем ярусе и на верхней площадке.

Молодец Магеллан! Успел-таки добраться до часового, прежде чем тот понял, что происходит. Дозорный, совсем мальчишка, сидел в углу на корточках, зажав разбитую прикладом голову, но, слава Богу, был жив.

Малке показала ему жестом, чтобы убрал руки — нужно перевязать, но черкешонок оскалился на нее по-волчьи.

— Двое с винчестерами к бойницам второго этажа, двое — на третий, — скомандовал Магеллан. — Остальным встать между зубцами и выставить стволы наружу. Пусть черкесы видят, что нас много и все вооружены. Никому без приказа не стрелять.

Малке высунулась в проем. Аул и его окрестности просматривались просто замечательно.

На улицах было пусто. Во дворах тут и там метались женские фигуры, но ни одного мужчины Малке не углядела.

— Где же джигиты? — озадаченно спросил Магеллан. — Ничего не понимаю...

Тогда освобожденный араб сказал:

— Мужчины все ночью скакали. На лошадь сели и скакали. Не вернулись еще.

— Ну конечно! — хлопнул себя по лбу Магеллан. — Как я не догадался! Они от нас отправились в Эль-Леджун, сбывать добычу. А что мы нападем, и думать не думали! Вот что такое настоящее еврейское счастье, поняли, маменькины сыночки? — И повернулся к отцепленному. — Ты кто такой? Откуда знаешь русский?

— Я араб, но моя невеста еврей, — поклонился тот. — Жениться на ней буду. Может, сам тоже еврей стану. Хорошая вера, мне нравится.

— Почему на цепи сидел?

— Русскую госпожу вез, из Ерусалим. Богатая госпожа, только немножко сумасшедшая. Черкес напал, сюда забирал. Выкуп хочет. Будет русский консул писать, чтоб десять тысяча франк давал. А за меня хотел тысяча франк, но я сказал, я человек совсем бедный. Тогда на цепь посадил... Хантур отбирал, два арабский конь отбирал. Когда вернется бек, прикажи ему, чтобы всё отдал: и хантур, и конь, и госпожу пускай тоже отдаст.

Магеллан смотрел не на араба, а вниз, на долину. Прищурился, процедил вполголоса:

— Вон он, твой бек. Сам ему всё и скажешь.

Малке тоже посмотрела вниз и увидела длинную вереницу всадников, рысью поднимающихся по дороге.

У самого уха грохнуло — это Магеллан выстрелил в воздух: раз, еще раз.

Женщины в ауле заголосили громче.

Отчего происходят войны

Выстрелы и крики не разбудили Пелагию, потому что она не спала. Всю ночь ходила взад-вперед по тесной комнатке с голыми стенами. На подушки, что лежали на полу, так и не прилегла.

То молилась, то ругала себя всеми доступными для монахини словами, но облегчения не давало ни первое, ни второе.

Как глупо! Всё погубить из-за собственного легкомыслия!

Нужно было нанять в русской миссии охранников. Там специально для сопровождения богомольцев, отправляющихся на Тивериадское озеро, в Вифлеем и прочие неспокойные места, имеются православные черногорцы — замечательно устрашающие, с пышными усами, в расшитых серебром куртках, с кривыми саблями и пистолетами за поясом. У черногорцев такая репутация, что ни один разбойник и близко не подойдет.

Прав Митрофаний, тысячу раз прав: в его духовной дочери проворства много, а основательности нуль. Сначала делает, потом думает.

А всё из-за того, что боялась потерять лишний день, даже лишний час. Подгоняло иррациональное, необъяснимое ощущение, что *время уходит* и что его уже почти совсем не осталось. Так и видела перед собой последние крупицы, высыпающиеся из стеклянного конуса будущего в стеклянную же воронку прошлого.

Понадеялась на русский авось. Авось в первые два дня поманил, а на третий бросил.

Сначала долго ехали горами. На крутых подъемах приходилось вылезать и идти за хантуром пешком — слабосильные лошади не вытягивали. К третьему дню достигли Изреэльской долины, просторной и зеленой, верст в десять шириной. Гора Хар-Мегиддо, поблизости от которой следовало искать коммуну, находилась к западу.

Хар-Мегиддо, Армагеддон. Здесь, на этом заболоченном поле, произойдет самая последняя на Земле битва, когда войско Дьявола сразится с ангелами, подумала Полина Андреевна, но без приличествующего трепета. И когда увидела вдали геометрически правильный контур горы Фавор, место Преображения Господня, тоже не умилилась, а лишь пробормотала молитву, но как-то механически, без души. Мысли ее были слишком далеки от божественности.

До обиталища новоявленных «саддукеев» оставалось всего несколько верст, а как себя вести с их железноглазым предводителем Магелланом, монахиня еще не придумала.

Глупый, глупый Мануйла! Что же его несет, как мотылька на свечку! Магеллан еще на пароходе грозился горе-пророка «взять за ноги, да башкой об якорную тумбу». Может, и взял, а Стеклянный Глаз был вовсе ни при чем?

С Магеллана станется — байронический типаж, сверхчеловек. Для такого принцип или рисовка важней и собственной-то жизни, не говоря о чужих. Сказал же он своим мальчикам и девочкам, что Мануйла агент Охранки. А зачем, спрашивается? Может быть, задумал убить предполагаемого шпика, чтоб связать коммунаров кровью? Ведь проделал другой сверхчеловек, Нечаев, то же самое со студентом Ивановым...

Но вне зависимости от того, причастен Магеллан к убийству крестьянина Шелухина или нет, когда в коммуну заявится уже не фальшивый, а настоящий Мануйла, сионисты наверняка вообразят, что вездесущая Охранка разыскала их и в Палестине. Вдруг возьмут, да и прикончат неуемного пророка? Полиция ничего не узнает, да и какая тут, в турецком захолустье, полиция?

Салах своей болтовней отвлекал путешественницу от тревожных мыслей.

— Зря евреи тут стали жить, — вздыхал он, отгоняя комаров. — Летом все от лихорадка помрут. Зачем им земля? Евреи — народ городской. Сидели бы в город. Совсем с ума сошли, это их Аллах наказал. Даже жалко.

Как выяснилось далее, жальчей всего евреев ему за то, что они могут жениться только на еврейках, а это самые несносные женщины на свете. Коварные, лживые, во всё суют свой горбатый нос.

— Спать с еврейка — как совать свой мужество в нора, где живет скорпион, — сказал Салах, заставив Пелагию поморщиться от столь сильной метафоры.

Темой коварства еврейских женщин возница увлекся надолго. Разумеется, помянул подлую Юдифь, убившую спящего Олоферна, но более всего возмущался Иаилью, осквернившей священный закон гостеприимства. Разбитый в бою полководец Сисара (которого Салах именовал «предком арабов») попросил в шатре Иаили убежища. И что же она, вероломная, сделала? Согласно Книге Судей, *«сказала ему: зайди, господин мой, зайди ко мне, не бойся. Он зашел к ней в шатер, и она покрыла его ковром. Сисара сказал ей: дай мне немного воды напиться, я пить хочу. Она развязала мех с молоком, и напоила его и покрыла его. Сисара сказал ей: стань у дверей шатра, и если кто придет и спросит у тебя и скажет: 'нет ли здесь кого?', ты скажи: 'нет'. Иаиль, жена Хеверова, взяла кол от шатра, и взяла молот в руку свою, и подошла к*

нему тихонько, и вонзила кол в висок его так, что
приколола к земле; а он спал от усталости — и
умер».

Слушая, как Салах пересказывает эту библейскую историю, украшая ее душераздирающими подробностями, Пелагия жалела бедняжку — не Сисару, который жил Бог знает когда и в конце концов получил по заслугам, а рассказчика. Не знает, простая душа, что за него уже всё решили: следующей его женой будет именно еврейка.

— Человек устал очень, совсем слабый был. Вот так лег — и сразу хр-р-р, — для наглядности захрапел Салах, положив щеку на сложенные ладони.

И вдруг дернулся, натянул поводья.

Из кустов на дорогу медленно выехали двое конных.

Увидев торчащие за их спинами ружья, Полина Андреевна вскрикнула:

— Это разбойники?

— Я не знаю, — ответил Салах и отпустил вожжи.

— Что же ты? Поворачивай назад!

— Нельзя. Увидят, что мы боимся, догонят. Надо ехать прямо и что-нибудь спросить. Это лучше всего.

— Что спросить?

— Дорога. Как ехать в Эль-Леджун. Скажу, ты едешь к главный полицейский начальник. Ты его теща.

— Почему теща? — удивилась и немножко обиделась Полина Андреевна.

— За теща нельзя выкуп брать.

— Потому что такой обычай, да?

— Потому что за теща выкуп не дадут, — отрывисто объяснил Салах, готовясь к разговору с вооруженными людьми

Он затараторил еще издали, кланяясь и показывая рукой куда-то в сторону холмов.

Всадники рассматривали повозку и седоков молча. Они были очень странного для Палестины вида: в черкесках с газырями, у одного на голове башлык, у второго папаха. Прямо как наши кубанские казаки, подумала Полина Андреевна и немножко воспряла духом.

— Не понимают арабски, — обернулся Салах. Он был бледен и напуган. — Это черкесы. Совсем плохие черкесы. Сейчас я им буду турецки говорить...

Один из конных подъехал и наклонился к Пелагии — пахнуло чесноком и бараньим жиром.

— Мускуби? — спросил он. — Руска?

— Да, я русская.

Черкесы гортанно заговорили между собой. То ли спорили, то ли бранились — не поймешь.

— О чем они? — нервно спросила Пелагия.

Салах только сглотнул.

Тот же разбойник снова нагнулся, схватил Полину Андреевну за подол платья. Она взвизгнула, но злодей не стал рвать на ней одежды, а только потер пальцами шелк, демонстрируя что-то своему товарищу. Потом взял с сиденья зонтик, показал ручку слоновой кости.

— Что он говорит? — испуганно пролепетала монахиня.

— Говорит, ты богатая и важная. Русские дадут за тебя много денег.

Салах подключился к дискуссии. Жалобно зачастил что-то, замахал руками. Его жестикуляция Полине Андреевне не понравилась: сначала палестинец плеснул на пассажирку рукой, как бы отмахиваясь, потом ткнул себя в грудь и показал куда-то назад. Кажется, уговаривает, чтоб забрали ее одну, а его отпустили. Негодяй! Еще Иаиль ему нехороша!

Но черкесы его слушать не стали. Коротко бросили что-то и поехали вперед.

Салах медлил.

— Они нас отпустили? — не поверила такому счастью сестра.

Но один из разбойников обернулся, погрозил нагайкой, и Салах со стоном тронул с места.

— Говорил ей, говорил, — причитал он. — Нельзя ехать Мегиддо, плохо. Нет, вези. Что будет? Что будет?

Вскоре стемнело, и дороги к черкесскому аулу Полина Андреевна толком не разглядела: какие-то холмы, лощина, потом довольно крутой подъем в гору.

Низкие плоские крыши и тускло освещенные окна — вот всё, что рассмотрела она в самом селе-

нии. Хантур остановился на темной треугольной
площади, и две молчаливые женщины в белых платках отвели монахиню в маленький домик, находив-
шийся в глубине двора. Хижина оказалась непрос-
тая — с наглухо закрытыми ставнями, снаружи
замок. Должно быть, специально для «богатых и
важных» пленников, догадалась Пелагия.

Догадка очень скоро подтвердилась. Пришел
хозяин дома, а похоже, что и всего аула — длинно-
бородый старик в мерлушковой папахе, обвязанной
чалмой, и почему-то в полном вооружении. Неужто так и ходит дома с шашкой, кинжалом и револьвером в кобуре?

Главный черкес сказал, что зовут его Даниэль-
бек и что «княгине» дадут на ужин чурек и козье
молоко. По-русски он говорил на удивление чисто
и правильно, с совсем небольшим акцентом.

Полина Андреевна очень испугалась того, что
она «княгиня».

— Я не княгиня! — воскликнула она. — Вы
ошибаетесь!

Старик расстроился.

— Муса сказал, княгиня. Платье шелковое, лицо
белое. А кто ты такая? Как тебя зовут?

— Я паломница. Пелагия... то есть, Полина
Лисицына.

Даниэль-бек учтиво поклонился — только что
ногой не шаркнул и ручку не поцеловал.

— Муж твой кто?

— У меня нет мужа.

«Я монахиня», хотела она добавить, но как докажешь?

— Плохо, — поцокал языком бек. — Старая девка уже, а мужа нет. Потому что совсем тощая. Но жениться все равно надо. Пусть тебе отец жениха найдет.

— У меня нет отца.

— Брат пускай найдет.

— И брата нет.

Хозяин закатил глаза к небу — его терпение было на исходе.

— Мужа нет, отца нет, брата нет. А кто за тебя будет выкуп платить? Дядя?

Это прозвучало настолько странно, что Пелагия в первый момент опешила и лишь потом поняла: он и вправду имеет в виду дядю.

В самом деле, есть ли на свете кто-нибудь, готовый заплатить за нее выкуп? Разве что владыка Митрофаний. Но он далеко.

— Дяди тоже нет, — уныло ответила она, чуть не всхлипнув от жалости к себе. — Может быть, так, без выкупа, отпустите? Заложников брать грех, и по нашей религии, и по вашей.

Даниэль-бек удивился.

— Почему грех? Я мальчик был, мой папа [это слово он произнес смешно — как бы по-французски, с ударением на последнем слоге: *papa*] был большой наиб у Шамиля. Русские взяли в аманаты Джемал-ад-дина, Шамилёва сына, и меня. Джемал-ад-дин в Пажеский корпус попал, я в Кадетский корпус. Там русский язык выучил и еще много всякого. Но мой *papa* храбрый был. Взял в аманаты русская княгиня с сыном, на меня поменял. А сын Шамиля в плену у царь Николай много лет был. Видишь, и русские аманатов берут. Я тоже беру. Иначе чем жить? Жены, дети кормить надо? — Он тяжело вздохнул. — Если у тебя мужа, отца, даже брата нет, нехорошо большой выкуп брать. Десять тысяч франков пусть русский консул шлет — и езжай, куда тебе надо. Завтра будешь консулу письмо писать: «Ай-ай-ай, присылай скорей десять тысяч франков, не то злой башибузук будет мне палец резать, потом ухо резать, потом нос».

— Правда будете? — вся сжалась Пелагия.

— Нет, только палец. Самый маленький. — Он показал мизинец левой руки. — Пальцев много, один не жалко. Через две недели, если консул деньги не пришлет, отправлю ему твой маленький палец. Э, э, зачем белая стала? Боишься пальчик резать? Купи у кого-нибудь из наших, за маленький палец недорого возьмут.

— Как это «купи»? — пролепетала несчастная пленница.

— Консул тебе пальцы целовал? — спросил бек.

— Н-нет...

— Хорошо. Не узнает. Женщина или мальчик отрежут свой палец, а консул не поймет, подумает твой. Если женщина — свое платье ей дай, рада будет. Если мальчик, купи хорошее седло или серебряный кинжал.

— А вдруг консул все равно не даст денег? Мы ведь с ним даже не знакомы...

Старик развел руками.

— Если и после пальца не пожалеет тебя — выдам замуж. За Курбана, у него жена померла. Или за Эльдара, у него жена совсем плохая, болеет, ему вторая нужна. Успокойся, женщина, чего тебе бояться?

Но Полина Андреевна не успокоилась. Во-первых, замуж выходить ей было никак нельзя, монашеский обет не позволял. А во-вторых, надолго застревать в этом разбойничьем логове в ее планы совершенно не входило. Время уходило, драгоценное время!

— Письмо будем завтра писать, — сказал Даниэль-бек на прощанье. — Сейчас некогда. Едем *уляд-эль-мот* грабить.

— Кого грабить?

Он вышел, не удостоив ответом.

Через несколько минут донесся топот множества копыт, а потом сделалось тихо. Пелагия осталась наедине со своим отчаянием. Так до рассвета и промаялась, а когда в щели ставен начал проникать блеклый рассвет, в деревне грохнул выстрел, и с разных сторон закричали женщины.

Что там происходило?

Полина Андреевна приникла ухом к двери, но понять что-либо было трудно. Выстрелили еще несколько раз, причем показалось, что звуки доносятся откуда-то сверху. Женщины покричали-покричали и перестали. Наступила полная тишина, изредка прерываемая одиночными выстрелами.

Полтора часа спустя во дворе раздались шаги. Лязгнул засов.

Она ожидала увидеть Даниэль-бека, но на пороге стоял Салах, рядом с ним одна из вчерашних женщин.

— Пойдем, — сказал палестинец, нервно шмыгнув носом. — Я тебя поменял.

— На что?

— Евреи дадут беку войти свой дом, за это бек тебя пускает.

Пелагия ровным счетом ничего не поняла, но палестинец взял ее за руку и потянул за собой.

В ауле создалась ситуация, которую шахматист Бердичевский назвал бы патовой.

В каменной башне засели коммунары. Оттуда просматривались и простреливались дворы, улицы, все подходы к деревне, поэтому женщины и дети попрятались по саклям, а джигиты залегли вкруг холма. Несколько раз пытались подобраться ближе, но тогда Магеллан начинал стрелять из своей оптической винтовки — клал пули близко, для острастки.

Когда стало ясно, что черкесы не могут в деревню войти, а евреи из нее выйти, из башни вышел парламентер — Салах. Ему было поручено передать ультиматум: черкесы должны вернуть всё похищенное и выплатить штраф, тогда евреи уйдут.

Даниэль-бек сказал, что говорить с человеком, у которого на горле ошейник, не будет, а будет говорить с беком евреев, только для этого ему нужно войти в собственный дом, потому что уважаемым людям не пристало вести переговоры в кустах, словно двум шакалам.

— Я сразу понял, — гордо рассказывал монахине Салах. — Он хочет смотреть, живы его жены и дети или нет. И говорю: хорошо, бек, но за это пусти русская княгиня.

— Ну почему «княгиня»? — простонала Полина Андреевна. — Если победят черкесы, теперь десятью тысячами франков мы не отделаемся.

Они сидели в доме Даниэль-бека, ждали, когда прибудет хозяин.

Вот он и показался: медленно ехал по улице, держа обе ладони на виду. Лицо старого разбойника было совершенно неподвижным, белая борода слегка колыхалась на ветру.

У крыльца он упруго, как молодой, спрыгнул наземь и передал поводья женщине. Что-то вполголоса спросил у нее, она ответила, и лицо бека стало чуть менее застывшим. Наверное, узнал, что все целы, догадалась Пелагия.

Они с Салахом вышли из дверей, чтобы перебраться в башню, но Даниэль-бек вдруг схватил Полину Андреевну за руку и втащил обратно в дом.

— Э, э! — всполошился Салах. — Такой договор не было!

Старик ощерился:

— Княгиня со мной будет! Даниэль не дурак, давно на свете живет. Сейчас евреи выбегут и убьют меня. Я бы сам так сделал! Пойди к ним, скажи: княгиня со мной умрет! Пускай Магеллан-бек один сюда идет, говорить будем.

Усадил Пелагию рядом с собой за стол, крепко взял за руку. Монахиня скосила глаза и увидела, что вторая рука черкеса лежит на рукоятке кинжала.

— Если еврей войдет и станет меня стрелять, буду тебя резать, — сказал Даниэль-бек. — Ты не виновата, я не виноват. Судьба такая.

— Почему меня, а не его? — задала она логичный, хоть и совершенно нехристианский вопрос.

— Я уже старый, а он молодой, ловкий. Не успею его резать, — печально ответил бек.

На этом диалог прервался, потому что вошел Магеллан.

Пелагия сразу его узнала, хотя главарь коммунаров изменился. Загорел, усы стали длиннее и были подкручены кверху, а голову еврейского воителя украшало огромное опереточное сомбреро.

На женщину вошедший даже не взглянул, она его не интересовала. Положил руку на расстегнутую кобуру и, не садясь, объявил:

— Значит, так, старый бандит. Во-первых, всё нам вернешь. Во-вторых, отнимешь у арабов то, что они украли ночью. В-третьих, заплатишь штраф — двадцать баранов. Тогда мы уйдем.

— Отдать баранов? — ощерился Даниэль-бек. — Нет, еврей. Это вы отдадите мне все ваши ружья, и тогда мы вас выпустим. Зачем евреям ружья? Будете платить нам пятьсот франков каждую луну, и никто вас больше не тронет. Про украденную одежду мертвой еврейки я слышал. Скажу шейху Юсуфу, он вернет. Думай, еврей. Мои джигиты под пули лезть не будут. В башне нет воды. Завтра или послезавтра сами выползете, и тогда мы вас убьем.

Магеллан помолчал, поиграл желваками. Светлые глаза сузились.

— Черкес, твои сакли слеплены из глины и верблюжьего навоза. Пуля прошьет их насквозь. Я прикажу стрелять залпами, и скоро вместо домов здесь будут одни кучи мусора. Красные от крови.

Бек тоже помолчал, прежде чем ответить.

— Вы не похожи на *уляд-эль-мот*. Может, вы ненастоящие евреи? Или те, что приехали сюда раньше вас, ненастоящие?

— Мы самые что ни есть настоящие. И таких, как мы, будет становиться все больше и больше.

— Тогда нужно вас всех убить. Даже если погибнут наши женщины и дети, — глухо произнес Даниэль-бек. Костяшки пальцев, сжимавших эфес, побелели. — Иначе вы захватите всю эту землю, не оставите здесь ни арабов, ни черкесов.

— Ты — бек. Тебе решать.

Мужчины смотрели друг на друга тяжелыми, неподвижными взглядами. Пелагия увидела, как кинжал бесшумно выползает из ножен. Рука Магеллана потихоньку забралась в кобуру.

— Да что же это такое! — возмущенно вскричала монахиня, ударив ладонью по столу.

Враги, совсем забывшие о ее существовании, дернулись и уставились на нее.

— Чуть у мужчин какое затруднение, вы сразу «убить»! И первыми, как водится, погибнут женщины и дети! Только дурак вышибает дверь лбом, когда ему не хватает ума повернуть ключ! Умные люди находят голове другое применение! Потом про вас скажут: два дурака не сумели между собой договориться, и из-за этого евреи с черкесами стали резать друг друга по всей Палестине! Отдайте ему то, что украли, — обратилась она к Даниэль-беку. — А вы, господин Магеллан, забудьте про штраф. Зачем вам бараны? Вы их и стричь-то не умеете!

Вроде бы ничего после этих слов в комнате не изменилось — бек по-прежнему держался за кинжал, а Магеллан за револьвер, и всё же напряжение неуловимо спало. Мужчины снова смотрели друг другу в глаза, но теперь, пожалуй, не грозно, а вопросительно.

— Я где-то вас видел, — проговорил Магеллан, не глядя на Пелагию. — Не помню где, но точно видел...

Впрочем, по тону было ясно, что это его сейчас не слишком интересует. И неудивительно.

Бек, как человек более зрелый и умудренный опытом, первым сделал полшажка к примирению.

Положил обе руки на стол и сказал:

— Княгиня правду говорит. Джигит с джигитом всегда договорится.

Магеллан тоже оставил кобуру в покое, сложил руки на груди.

— Хорошо, забудем про штраф. Но как быть с шейхом?

— Юсуф не джигит, он пес. Давно хочу его поучить. Мусульмане не грабят могилы, не раздевают мертвых. Садись, кунаками будем.

Черкес сделал приглашающий жест, и Магеллан сел, сомбреро положил на скамейку.

— Отправимся прямо сейчас, вместе, — потребовал он. — Рохеле не может лежать голая, в разрытой могиле.

Бек кивнул.

— Прямо сейчас. Окружим арабскую деревню со всех сторон...

— Нет, — перебил его еврей. — Оставим один проход.

У Даниэль-бека по-молодому сверкнули глаза.

— Да-да! Оставим проход к броду! Пусть бегут туда!

Оба склонились над столом, стали чертить по нему пальцами и говорить враз, перебивая друг друга. Антиарабская лига зарождалась прямо на глазах.

Полина Андреевна плохо понимала, что происходит, но всё это ей очень не нравилось. Какая-то разрытая могила, украденная одежда...

— Погодите! — воскликнула инокиня. — Послушайте меня! Я не знаю, кто такой шейх Юсуф, но если он шейх, то, наверное, человек небедный?

— У него пятьсот баранов, — ответил Даниэль-бек, мельком оглянувшись. — Его феллахи нищие, а сам Юсуф богатый.

— Если он богатый, зачем ему красть платье мертвой женщины? Это сделали какие-нибудь негодяи, и шейх наверняка сам их накажет, когда узнает. Не надо окружать деревню, не нужно оставлять проход к броду! А то люди потом скажут: три дурака не сумели между собой договориться, и...

— Женщина! — взревел бек. — Ты второй раз назвала меня дураком!

— Она права, — вмешался Магеллан. — Арабов в этих краях больше, чем евреев и черкесов, вместе взятых. Начнется война. Лучше мы вызовем шейха для переговоров. Так будет умнее.

— Ты не только храбр, Магеллан-бек, но и мудр, — прижал руку к груди черкес.

И мужчины церемонно поклонились друг другу, опять перестав обращать внимание на женщину.

Девичьи разговоры

В поход на Юсуф-бека выступили совместно: впереди черкесы на конях, следом евреи. Чтобы произвести впечатление на союзников, коммунары выстроились в колонну, ружья положили на левое плечо и попытались маршировать в ногу.

Объединенное войско, окутанное пылью, двинулось вниз по дороге. Черкесские женщины смотрели вслед. Не кричали, руками не махали — видимо, это было не заведено.

Бек сказал Полине Андреевне, что она свободна и может ехать на все четыре стороны, но на все четыре стороны ей было не нужно. Она улучила минутку, переговорила с Магелланом наедине. Пожаловалась, что после случившегося боится путешествовать без охраны, и попросила позволения заночевать в коммуне.

Тот великодушно позволил, еще раз повторив: «Где же я вас все-таки видел? Наверняка в России, но где именно?»

Пелагия сочла за благо промолчать, а ему самому копаться в памяти сейчас было некогда.

До полудня она ждала в ауле, пока из арабского городка Эль-Леджун доставят похищенное у коммунаров имущество. Принимала трофеи девушка по имени Малке, с которой монахиня некогда перемолвилась парой слов на пароходе.

Женщина есть женщина — Малке узнала Пелагию сразу, несмотря на светский наряд и веснушки. Узнала и обрадовалась, будто встретила старую подругу. Появление монахини в Изреэльской долине у жизнерадостной толстушки ни малейшего подозрения не вызвало.

Она сразу же стала называть Полину Андреевну на «ты» и сообщила множество подробностей и о себе, и о коммуне, и обо всем на свете. Правда, задавала и вопросы, но по большей части сама же на них и отвечала.

Например, спросила:

— Откуда ты здесь взялась? Ах да, ты ведь тоже плыла на нашем пароходе. В Палестину, да? На богомолье? А рясу сняла, чтобы не так жарко было? Конечно, по этой жарище в шелковом платье куда лучше. Ты ведь, наверно, не монахиня, а послушница, да?

Пелагии оставалось только кивать.

В «Новый Мегиддо» двинулись, когда солнце уже перебралось на западную половину неба.

Возвращенного коня Малке запрягла в черкесскую телегу, сзади привязала двух коров. На дно повозки положили борону и покореженный, но так и не вскрытый денежный ящик, поверх — мешки с семенами. Женщины сели рядышком, поехали.

Салах на хантуре катил сзади, распевая во все горло какие-то визгливые песни. Он был счастлив, что вернул свою упряжку, да безо всякого выкупа.

Полина Андреевна с восхищением смотрела, как ловко ее новая подружка управляется с тяжело груженной повозкой. Малке сидела, сложив ноги по-турецки (загорелые колени были похожи на двух обжаренных до коричневой корочки поросят), ружье перекинула поперек и знай пощелкивала кнутом, не умолкая ни на минуту.

Разговор был легкий, девичий.

— Поль, я вообще не понимаю, зачем тебе быть монашкой? Ладно бы еще уродина какая-нибудь была, а ты же просто красавица, честное слово. Это, наверно, из-за несчастной любви, да? Ну и все равно, даже если из-за несчастной — не стоит. Зачем запирать себя в монастыре, в малю-юсеньком мире, когда большой мир такой интересный? Я вот тоже могла в своем Борисове до старости прожить и не узнала бы, что я такое на самом деле. Я раньше думала, я трусиха, а я знаешь, какая оказалась храбрая? Ты, может, думаешь, Магеллан меня в арабскую деревню не взял, потому что я женщина? Ничего подобного! Там пальбы не будет, а то бы я обязательно с ним пошла. Говорит: ты у меня, Малютка, самая толковая, только тебе поручить могу. (Это он меня иногда так называет — не Малке, а Малыш или Малютка.) Доставь, говорит, всё в целости и проследи, чтоб два эти болвана, Колизей с Шломо (они, правда, немножко бестолковые), моего коня сразу не поили, а сначала поводили. И пусть семена положат просушить — отсырели от ночной росы.

Использовать открытость славной девушки было немножко совестно, и всё же при первой возможности (когда Малке принялась рассказывать, как уединенно живет коммуна) Пелагия как бы ненароком спросила:

— А чужие у вас бывают?

— Редко. Ротшильдовские евреи считают нас сумасшедшими безбожниками. С арабами отношения плохие. Черкесы — ты сама видела.

— Ну а какие-нибудь странники, паломники? Мне рассказывали, в Палестине полным-полно бродячих проповедников, — не очень ловко повернула монахиня к нужной теме.

Малке звонко расхохоталась.

— Был один пророк. Потешный. Между прочим, из России. Мануйлу помнишь, которого на пароходе убили? То есть, оказывается, убили не его, а другого — я тебе потом расскажу. Этот Мануйла, как в Святую Землю приехал, стал себя именовать Эммануилом, для звучности.

И снова засмеялась.

Смеется — значит, ничего плохого с ним не случилось, отлегло от сердца у Пелагии.

— А давно он у вас был?

Девушка стала загибать короткие пальцы:

— Семь, нет, восемь дней назад. Ах да, это в ту ночь Полкана убили. — Безо всякого перехода от веселости, всхлипнула, шмыгнула носом и снова улыбнулась. — Он тоже за Эрец Израэль погиб, Полкан.

— За кого?

— За израильское государство. Полкан — это пес. В Яффе к нам пристал. Ужасно умный и смелый, как солдатская полковая собака, поэтому и прозвали Полканом. Ночью замечательно сторожил, никаких часовых не нужно. Привяжешь его к воротам снаружи — никто не подойдет. Он такой лохматый был, черно-желтой масти, одна лапа немножко хромая, а на боку...

— И что этот пророк? — перебила Полина Андреевна, которую не интересовал портрет усопшего Полкана. — Откуда он взялся?

— Постучал в ворота, вечером. Мы работу уже закончили, сидим, песни поем. Открываем — бородатый дядька, в лаптях, с палкой. Стоит, Полкана за ухо треплет, а тот хвостом машет и даже не гавкнул ни разу, вот какие чудеса. Наверно, пророк его в свою веру обратил, — засмеялась Малке. — Здравствуйте, люди добрые, говорит. Хорошо поете. Вы что, русские? Мы ему: а ты кто такой? Из «найденышей» пророка Мануйлы? (А на нем хламида с синей полосой, какую все они носят.) Он говорит: я самый Эммануил и есть. Хожу вот, смотрю. Был в Иудее, в Самарии, теперь в Галилею пришел. Пустите переночевать? Ну а что ж не пустить? Пустили. Я у него спрашиваю: как же, мол, так? Ведь тебя на пароходе убили. Воскрес, что ли? А он отвечает: не меня это убили, одного из моих *шелухин*.

Полина Андреевна встрепенулась:

— Как-как?

— *Шелухин* на древнем арамейском значит «апостолы». Когда много — *шелухин*, когда один — *шелуах*. Это Магеллан рассказывал, он еврейскую историю ого-го как знает.

«Шелуяк», вдруг вспомнила Пелагия. Строгановские крестьяне говорили, что Мануйла звал своего друга именно так.

— А что Эммануил вам рассказал про убийство?

— Что *шелуах* хотел его защитить и потому погиб. А защищать его вовсе не нужно, потому что его Господь защищает. И стал про чудо рассказывать, которое с ним утром произошло. Врет — заслушаешься. Глазки голубые, широко раскрытые — прямо ангел непорочный! — прыснула Малке, вспоминая. —

Когда́, говорит, меня выгнали из Зихрон-Яакова...
Там, в Зихроне-Яакове, зажиточные евреи живут,
которые от барона Ротшильда деньги получают. Сами
землю не пашут, феллахов нанимают... В общем,
выгнали богатенькие евреи Эммануила, не стали его
слушать. Пошел он долиной между гор, и напал на
него разбойник-бедуин. — Девушка по-детски закар-
тавила, очевидно, передразнивая Мануйлу. — «Очень
сехдитый человек, саблей машет. Я по-бедуински хаз-
говахивать еще не выучился, не умею ему объяснить,
что у меня ничего нет. Он и сам это увидел, еще больше хазозлился, хочет мне голову саблей схубить. Совсем! И схубил бы, потому что у него вся нехвная
система в дезохганизации...»

Малке закисла от смеха.

— Он так и сказал: «нервная система в дезорга-
низации»? — поразилась Пелагия.

— Да, он вообще ужасно чудно́ говорит, это я
еще плохо изображаю. Ну вот, а дальше как в сказ-
ке. Только разбойник на него саблей замахнулся,
вдруг там-па-пам! — гром небесный. Злодей повалился мертвый, из головы кровь течет. «А вокхуг
никого — тут гоха, тут гоха, а тут тхопинка. Ни
души! Я поблагодахил Господа, закопал мехтвого
хазбойника и пошел дальше». Мы так смеялись —
чуть не лопнули. Но он необидчивый, Эммануил
этот, тоже с нами смеялся.

— А что Магеллан? — спросила монахиня. Хотела добавить, не выказывал ли к пророку враж-
дебности, но поостереглась.

— Ну, Магеллан сначала с ним строго. Вроде
как допрос ему устроил. Зачем пришел? На пароходе твои вокруг нас крутились, теперь сам пожало-
вал? Что тебе от нас надо? И всё такое. А Эммануил
ему: что вы моих *шелухин* на корабле встретили,
неудивительно. Многие из них следом за мной в
Святую Землю тянутся, хоть и говорил я им: где
человек родился, там ему и Святая Земля. Что им
Палестина? Я — другое, мне сюда по делу нужно.
А они, говорит, меня не слушают. То есть слушают, но не слышат. И что мы с вами здесь встретились, тоже удивляться нечего. Палестина маленькая. Если кто решил ее обойти... Ах нет, — улыбнулась Малке, — он сказал: «по ней вояжировать».
Если кто решил по ней вояжировать, то всюду по-
бывает, и в самое недолгое время. А потом Эммануи-
ил стал про свое чудо врать, и Магеллан к нему
интерес потерял. Махнул рукой, пошел спать.

— Значит, не он, — в задумчивости проговори-
ла Пелагия.

— А?

— Нет-нет, ничего. Что еще рассказывал пророк?

— Да тут как раз началась беготня. — Малке
посерьезнела. — Полкан залаял. Мы думали, на
шакала. Вдруг слышим — лай удаляется, это он
веревку оборвал. Побежали за ним. Кричим: «Полкан! Полкан!» А он мертвый лежит. Шагах в ста от
хана. Зарубили его, саблей. Никакие это были не
шакалы, а арабы или те же черкесы. Бедуины-то
тогда уже ушли... Разбудили Магеллана. Он гово-

рит: догнать! А как догонишь? В какую сторону
бежать — в арабскую или черкесскую? Все спорят,
шумят. Одни кричат: нас мало, их много. Перере-
жут они нас, как Полкана! Плохое место, уходить
отсюда нужно! Магеллан им: кто не умеет за себя
постоять, тому все места на земле будут плохи. И
пошло, и пошло... — Девушка махнула рукой. Вдруг
вспомнила, всплеснула руками. — Ах да, Эммануил тогда чудну́ю вещь сказал. Как это я забыла! На
него никто внимания не обращает, все ругаются,
кричат, а он вдруг говорит: вы победите и арабов, и
черкесов. Вас мало, но вы сильные. Только, говорит, ваша победа (он сказал не «победа», а «викто-
хия») будет вашим поражением. Как это, спраши-
ваем, виктория может быть поражением? А он ответил непонятно: победа над другим человеком —
всегда поражение. Настоящая виктория, это когда
самого себя побеждаешь. Ну, наши его дальше слушать не стали, опять заспорили. А ведь получается, прав он был, про победу-то!

— Что было потом?

— Ничего. На рассвете выпил молока и пошел
себе.

— И не сказал, куда?

— Почему не сказал. Он разговорчивый. Рохеле
ему молока подливает, а он говорит: сначала пойду
в Капернаум, потом еще куда-то, потом надо будет
в Сиддимскую долину, к Аваримским горам заглянуть — там, говорят, новый Содом отстроили, интересно...

— Содом! — вскричала Полина Андреевна. — А где эти Аваримские горы?

— За Мертвым морем.

— Содом! Содом! — в волнении повторяла монахиня.

На пароходе было семейство мужеложцев, направлявшихся именно туда! Но при чем здесь Стеклянный Глаз? Непонятно. А всё же что-то тут есть!

Прошло целых восемь дней, но если Эммануил сначала собирался наведаться в Капернаум, то можно успеть. Шагает он, правда, ходко...

— Что это ты бормочешь, Поля?

Полина Андреевна достала путеводитель, вынула оттуда карту, развернула.

— Покажи, где Сиддимская долина. Как туда добраться?

— А тебе зачем? — удивилась девушка, но взяла карандаш и провела линию. — Вот так, до реки Иордан. Потом вниз до Мертвого моря, там всё берегом на юг. Видишь кружочек — селение Бет-Кебир? Содом где-то за ним. Нет, правда, Поль, зачем тебе? Из монашек да сразу в Содом! — залилась смехом Малке. — Русь, куда несешься ты? Не дает ответа!

Аккуратно сложив карту, Пелагия засунула ее обратно в книжку.

— Ты в самом деле туда собралась? — Глаза Малке расширились от ужаса и любопытства. — Ну, ты отчаянная! Представляю, что там творится! Напиши мне потом письмо, а? Только подробное!

Она толкнула Пелагию локтем, захихикала.

От толчка путеводитель упал на дно повозки. Монахиня подобрала ценную книжечку, спрятала в карман.

Тем временем телега въехала на вершину холма, откуда открывался вид на долину и окрестные горы.

— А вон вдали наш хан видно, — привстала, показывая, Малке. — Сейчас спустимся и вдоль речки. Минут через сорок доедем. Отдохнешь, умоешься.

— Нет, спасибо. — Полина Андреевна соскочила на землю. — Мне пора. Скажи, в какую сторону спуститься, чтобы попасть к Иордану?

Малке вздохнула — видно, жалко было расставаться.

— Поезжай вон по той дорожке. Она ухабистая и травой заросла, но зато выведет прямо к развилке. В сторону Иордана — это направо. А как же разбойники? Ты ведь говорила, что боишься без охраны?

— Ничего, — рассеянно ответила Пелагия. — Бог милостив.

Бог есть!

Дорога из Иерусалима в Изреэльскую долину была всего одна, так что объект удалось догнать в первый же день. Яков Михайлович пристроился сзади и шел-пошагивал, дышал горным воздухом.

Солнышко в Святой Земле было ох какое лютое, весь обгорел что твой араб. И очень кстати,

потому что для путешествия именно арабом и на-
рядился. Самая удобная одежда по здешнему кли-
мату: тонкую длинную рубаху продувает ветерком,
а платок (называется «куфия») закрывает от жгу-
чих лучей шею и затылок.

Когда кто-нибудь встречался по дороге и обращался с арабским разговором, Яков Михайлович
почтительно прикладывал ладонь ко лбу, потом к
груди и шел себе дальше. Понимай как хочешь:
может, не желает с тобой человек разговаривать или
обет у него такой, ни с кем попусту лясы не точить.

Незадача приключилась на третий день, когда
Рыжуха повернула налево и поехала по дороге, что
вытянулась меж долиной и холмами.

Яков Михайлович видел, как черкесы забирают
хантур в плен, но вмешиваться не стал. Люди серь-
езные, с карабинами, а у него только пукалка шес-
тизарядная. С ней в городе хорошо, где всюду углы
и стенки, а в чистом поле вещь малополезная. Да и
нельзя ему было себя обнаруживать.

С вечера он засел под черкесским холмом и на-
блюдал всю еврейскую операцию. Ишь ты, думал,
как развоевались-то. А если они у нас в России-
матушке этак вот осмелеют?

Сказано: тише едешь — дальше будешь. Потому
Яков Михайлович не торопился. Переждал, пока черкесы с евреями договорятся и уйдут, а некоторое время спустя всё устроилось самым славным образом.

Монашка выехала из аула в сопровождении пух-
ляшки-жидовочки и своего верного арапа. Порядок
вещей восстановился.

Место было ровное, гладкое, и дистанцию пришлось увеличить — человека на голом пространстве далеко видно. Так и ему их, слава Богу, тоже хорошо видать. Никуда не денутся.

Когда повозки стали подниматься на холм, Яков Михайлович сделал себе послабление. Видел, что после возвышенности дорога спускается в лощину, и рассудил: умный в гору не пойдет, умный гору обойдет.

Чем зря пóтом обливаться, лучше обойти холм лужком-низиной. Бывает, что на своих двоих ловчей, чем на колесах.

Этак еще и время выиграешь, можно будет в ручье ножки ополоснуть. Засесть там в ивняке, где тень, и подождать, пока объект мимо проедет.

Так и сделал. И ополоснулся, и свежей водички попил, и даже наскоро покушал.

Едва крошки смахнул — скрип, стук. Едут.

Нуте-с, нуте-с.

Высунулся из кустов и обмер.

Вместо двух повозок одна. В ней сидит жидовочка, кнутом помахивает, а Рыжухи нет!

Сердце так и екнуло. Идиот вы, Яков Михайлович, а никакой не умный! Теперь обратно в гору бегом бежать.

Пригнулся, пропуская телегу. Та проехала чуть подальше и свернула к речке — видно, евреечка тоже решила остудиться.

Яков Михайлович рысцой понесся вверх по дороге. Пот лил в два ручья: один ручей по лицу, второй по спине. В пять минут взбежал на самую вершину.

Час от часу не легче!

Там оказался перекресток: одна дорога вела вправо, другая влево. А приглядеться — в сторону ответвлялась еще и заросшая тропка. Трава на ней жесткая, мертвая, и не видно, проехала тут давеча повозка или нет.

Что же делать? Куда бежать?

Обратился к разуму, и тот, молодчага, как всегда, не подвел.

Понесся Яков Михайлович обратно к речке. Под горку бежать было легче.

Жидовка успела коня помыть, тянула его за повод к телеге.

Услышала топот ног, обернулась, потянула с плеча дробовик.

— Беда, девонька! Беда! — издали заорал Яков Михайлович по-русски.

Она рот разинула: как это — араб, а по-русски кричит?

Про ружьишко и думать забыла.

— Ты кто? — кричит. — Какая беда?

Он остановился перед ней, перевел дух, вытер пот со лба.

— Потерял я ее, вот какая беда.

— Кого потерял? Ты кто такой?

— Дай-ка. Не ровен час...

Он взялся за дуло дробовика. Девка не хотела отпускать оружие, но Яков Михайлович легонько стукнул ее кулаком под ложечку, и евреечка согнулась напополам, зашлепала губами, как выдернутая из воды рыбеха.

Ружьишко он отшвырнул в кусты, толстушку шлепнул по затылку — она плюхнулась на задницу. Сказала:

— Сволочь!

И обожгла глазами — черными, бесстрашными.

Ай-ай-ай, придется повозиться, понял опытный человек. И не стал тратить время на пустые разговоры. Сначала нужно было «коровку» в разумность привести, избавить от упрямства. «Коровка» — это у Якова Михайловича был такой термин, для собственного употребления. «Коровку» полагается доить на предмет разных полезных сведений, а потом, смотря по обстоятельствам, или обратно на лужок отпустить, или в бифштекс разжаловать.

Строптивая жидовочка, конечно, пойдет на бифштекс, это было ясно, но сначала пускай даст молочка.

Немножко побил ее ногами — без размаха, потому что жарко. По лодыжной костяшке ударил, потом два раза по почкам, а когда свернулась от боли, по копчику. Когда обратно развернулась — по женскому месту.

Что орала громко, это нестрашно, всё равно вокруг никого.

Решил, что пока хватит. Сел девке на грудь, пальцами сдавил горло, чтоб решила — конец ей настал.

Но когда она вся посинела, глаза из орбит полезли, Яков Михайлович ее отпустил, дал вздохнуть, вкус к жизни почувствовать. И только теперь приступил к беседе.

— Куда она поехала? По какой дороге?

— Сволочь, — сказала «коровка». — Магеллан тебя под землей...

Снова пришлось зажать ей горло.

Яков Михайлович огорчился — его всегда расстраивало тупое упрямство, наихудший из человеческих грехов. Ведь так на так всё расскажет, только лишнюю муку устраивает и себе, и занятому человеку.

Он поглядел по сторонам. Подобрал валявшийся неподалеку сук, обломил.

— Я тебе, дура глупая, сейчас этой деревяшкой глаз выковыряю. — Яков Михайлович показал девке расщепленный конец. — Потом второй. Мало покажется — стану тебе эту штуковину через задние ворота полегоньку кверху забивать. Ты пойми, девонька, я не зверь — дело у меня больно важное. Говори, голубушка, говори. Куда рыжая отправилась?

Снова приотпустил ей горло. А она, неблагодарная, в него плюнула. Плевок до Якова Михайловича не долетел, упал ей же на подбородок. А хоть бы и долетел — большая беда.

Ну что с ней будешь делать?

— Да кто она тебе — сестра, подруга? — посетовал он. — Ладно, пеняй на себя.

Сел поупористей, придавил жидовке руки коленками, локтем прижал к земле шею. Взял сук поближе к острому концу, поднес дуре к самому носу.

— Ну?

По тому, как сверкнули ее глаза, понял — не скажет.

Ткнул суком в глазницу — запузырилась кровь, потекла по круглой щеке. Из горла у «коровки» вырвался всхлип, оскалились белые, ровные зубы.

И тут евреечка учудила. Яков Михайлович приготовился, что она станет затылком в землю вжиматься, а она вдруг рванулась суку навстречу, да с такой силой, какой от пухляшки ожидать не приходилось.

Палка вошла в глаз по самый кулак. Яков Михайлович ее, конечно, сразу выдернул, но поздно — голова девки безжизненно стукнулась о землю. Вместо глаза зияла багровая яма, смотреть противно, а с кончика стекало серое — это сук ее до мозга пронзил.

Вот стерва!

В первый миг Яков Михайлович не поверил своему несчастью.

Ай, беда! Вот уж беда, так беда! Господи Боже, за что наказываешь? Помоги, вразуми! Что теперь делать, как Рыжуху отыскать?

Переживать Яков Михайлович переживал, но и без дела не сидел. Мало ли кого по дороге принесет?

Мертвую еврейку сунул в воду, под бережок. Заодно смыл кровь с руки.

Подошел к повозке. Задумался, как с ней быть? Может, на ней поехать? Всё легче, чем пешком. Сначала попробовать по одной дороге — ехать до первого встречного и спросить, не проезжала ли баба в хантуре. Если не повезет — вернуться, и то же самое по второй дороге. Коли опять мимо — тогда по той заросшей тропе.

Сам понимал, что план паршивый. Тут можно час или два проехать, прежде чем человека встретишь. И как еще с ним объясняться? А если на дороге будут новые развилки?

Мешки с зерном утопил в речке, борону и сейф тоже. Насчет денежного ящика, правда, немножко поколебался. Эх, сюда бы палочку динамита, да внутрь заглянуть. Но большим тыщам у голодранцев взяться неоткуда, а таскать с собой лишнюю тяжесть ни к чему.

Коров просто хлестнул кнутом по задницам.

Хотел уже сесть и ехать наудачу, как вдруг заметил на дне телеги сложенный листок. Развернул — карта Палестины, маленькая, какие в путеводители вкладывают. И у Рыжухи такая книжечка была, он видел. Обронила?

На карте красным карандашом был обозначен маршрут.

«Бет-Кебир», прочитал Яков Михайлович название точки, в которую упиралась красная линия.

Размашисто перекрестился.

Есть Бог, точно есть.

XII

ЗАМОК ШВАРЦВИНКЕЛЬ

Версия номер три

— Катенька, — прошептал красивый молодой человек, оглянувшись.

— Сто рублей?! — возмутился Матвей Бенционович, но более для порядка, потому что готов был сейчас заплатить любые деньги, даже и такие большие. Легко сказать — сто рублей. Четверть месячного жалования. Конечно, жизнь в Заволжске дешевле, чем в других местах, не говоря уж о столицах, но когда у вас семья сам-пятнадцатый, поневоле приучишься к экономии. Главное, расписки не возьмешь, мимоходом посетовал Бердичевский, а значит, не получится включить в казенные траты.

— Давайте-давайте, — протянул Кеша узкую, ухоженную руку. — Если мой совет будет нехорош — получите обратно.

Это было справедливо. Прокурор достал бумажку с Екатериной Великой, передал. Блондин не спешил прятать гонорар — держал кредитку легонько, двумя пальцами, как бы демонстрируя готовность вернуть по первому требованию.

— Так кто выкупил Рацевича? — хрипло спросил Матвей Бенционович.

— Полагаю, тот, кто его любил.

Романтическая история? Прокурор встрепенулся. Это был совершенно новый поворот, пока еще неизвестно, в каком направлении ведущий.

— Вы хотите сказать «та, кто его любила»?

— Нет, не хочу, — улыбнулся Кеша.

Матвей Бенционович схватился за нос.

— Я что-то не...

— Вы думаете, Рацевича из жандармов за долги поперли? Как бы не так. Если б всех за этакие пустяки со службы гнать, мало кто остался бы. Да и не позволило бы начальство заслуженного офицера в яму сажать. Нет, это был только предлог.

— А в чем была настоящая причина?

Молодой человек улыбнулся еще загадочней:

— Этого никто не знает — только местное жандармское начальство и *наши*.

— Наши?

Приказчик опять взял Бердичевского за левую руку и повторил странную манипуляцию — пощекотал ладонь пальцем. Видя на лице собеседника полнейшее недоумение, Кеша фыркнул:

— Что, трудно поверить? Представьте себе, и среди жандармов есть такие, кому нравятся мужчины.

У Матвея Бенционовича от изумления сам собой раскрылся рот.

— Вижу, свои сто рублей я заработал, — удовлетворенно заметил блондин и спрятал бумажку в портмоне.

А прокурор всё не мог прийти в себя. Возможно ли?

И тут его как громом ударило. Да-да! Пелагия рассказывала, что на пароходе плыла компания мужеложцев, переселенцев в восстановленный Содом. Но это... Но это поворачивало расследование совсем в другую сторону!

Статский советник крепко взял молодого человека за локоть.

— Вы еще не сказали мне, кто внес выкуп.

— Наверняка не знаю, но уверен, что Чарнокуцкий, больше некому.

— Кто это — Чарнокуцкий?

— Вы не слышали про графов Чарнокуцких? — недоверчиво спросил Кеша.

— Слышал. Знатная польская фамилия.

— Знатная! Мало ли знатных! Чарнокуцкие — богатейший род на всей Волыни. Тут в двадцати верстах начинается Чернокутский уезд, так уездный город, Черный Кут, весь целиком принадлежит графу.

— Целый город? Разве такое бывает? — удивился Матвей Бенционович. — Ведь не средние века.

— На Волынщине очень даже бывает. Город Ровно принадлежит князю Любомирскому, Старо-Константинов княгине Абамелек, Дубно — княгине Барятинской. А Чарнокуцкие на Волыни семьсот лет. Вон, видите утес? — Кеша показал на видневшуюся вдали живописную скалу, нависшую над рекой. — Житомирская достопримечательность. Называется «Голова Чацкого».

Утес действительно отчасти напоминал гордо склоненную голову.

— При чем здесь Чацкий?

— Совершенно ни при чем. Раньше скала называлась «Голова Чарнокуцкого». Здесь в шестнадцатом столетии гайдамаки срубили голову предку нынешнего графа. А после шестьдесят третьего года скалу велели переименовать. Дело в том, что некоторые из Чарнокуцких участвовали в польском восстании, и одному это даже стоило головы. Вот, во избежание двусмысленности, и переделали в Чацкого.

— Так граф из повстанцев 63-го года?

— Вот еще! У его сиятельства совсем другие интересы. Примерно такие же, как у нас с вами. — Приказчик засмеялся. — Жалко, он евреев терпеть не может, а то бы я непременно вас с ним свел.

— А я вовсе не еврей, — объявил Бердичевский. — Это я прикинулся, чтобы войти в доверие к Голосовкеру.

— Хорошо прикинулись, — заметил Кеша, скептически оглядывая лицо прокурора.

— Нет, правда! Волосы крашеные. Вообще-то я блондин. Если повезете к графу — смою краску. И зовут меня не Мордехай Бердичевский, а Матвей Берг-Дичевский. Вы правильно догадались, никакой я не ростовщик. Я... я уездный предводитель дворянства, — соврал Матвей Бенционович, не придумав ничего более аристократичного. — Из Заволжской губернии.

Поверил молодой человек или нет, было неясно. Однако, поразмыслив, сказал:

— Двести рублей.

— Вы с ума сошли! — ахнул статский советник, пытаясь сообразить, есть ли у него столько денег. На худой конец, можно послать телеграмму владыке.

— Заплатите, когда поедем обратно. Если я ошибаюсь и граф Рацевича не выкупал, можете вообще не платить, — ловко ввернул оборотистый юноша.

На такое условие Матвей Бенционович охотно согласился. Если след окажется верным, а поездка результативной, пожалуй, все-таки можно будет записать расходы в счет расследования.

— Вы где остановились? — спросил Кеша.

— В «Версале».

— Я закрываю кассу в семь. Только уж вы не поскупитесь, наймите карету на пружинном ходу, а то все бока себе отобьем. Я сговорюсь с Семеном Почтаренко, у него хороший экипаж. Путь-то неближний...

Дорожные размышления о печальном будущем человечества

Статский советник снова прибег к помощи «Белокурого ангела», но светловолосие восстановилось не полностью. Получилось нечто золотисто-красноватое. Ничего, для вечернего освещения сойдет, успокоил себя Бердичевский.

Кеша приехал вовремя, в весьма приличном фаэтоне, обошедшемся прокурору в восемь целковых. Приказчика было не узнать. Он разоделся по самой последней моде, надушился, в пробор же можно было смотреться, как в зеркало. Кто бы поверил, что этот франт подрабатывает субботним сидельцем в еврейской лавке?

— Куда едем? — спросил Матвей Бенционович, усевшись на мягкое сиденье.

— В замок графа, в Шварцвинкель.

— «Черный угол»? — перевел название прокурор.

— Ну да. По-волынски Черный Кут, а по-великорусски «Черный Закут», что-то вроде этого. Дед его сиятельства выстроил, в готическом стиле. Очень любил рыцарские романы.

Бердичевский успел расспросить гостиничного портье о графе, но наслушался черт знает каких небылиц, только распалил любопытство. Нужно было проверить, что из этих сказок правда, а что нет.

— Этот магнат, кажется, человек необычный? — небрежно спросил Матвей Бенционович.

Кеша прыснул:

— Нас с вами тоже ведь обычными не назовешь, верно? Но до его сиятельства нам, конечно, далеко. Это субъект единственный в своем роде.

Жаждущий подробностей прокурор с глубокомысленным видом заметил:

— У отпрысков древних фамилий пристрастие к мужеложству в крови. Должно быть, от блазированности. Или вследствие вырождения.

— А граф не всегда мальчиками интересовался. Он в юности был куда как увлечен женским полом — до умопомрачения, или, как он выражается, до обсессии. Это такой медицинский термин, вроде навязчивой идеи.

— Я знаю.

— Он ведь по образованию медик. Так женщинами интересовался, что после Пажеского корпуса не в гвардию пошел и не в дипломаты, а поступил на медицинский факультет, гинекологию изучать. Не для заработка, разумеется. Говорит, хотел знать про женщин всё: как они устроены, что у них внутри, каким ключиком заводятся. Узнал во всех подробностях, — снова хохотнул Кеша. — Да, видно, перекормился. Выйдя из университета, открыл было женскую больницу, да скоро забросил. Теперь баб видеть не может, прямо до судорог.

У Матвея Бенционовича были несколько иные сведения. Портье сказал: «Граф пока не свихнулся, больницу держал, лечил бесплатно бабские хвори. Сначала одну на операции зарезал, потом другую, третью. До суда дошло. Обычного лекаря беспременно засудили бы, а этот известно — Чарнокуцкий. Но больничку все же закрыли».

— Тогда его сиятельство отправился путешествовать, — продолжил свой рассказ Кеша. — Долго по миру разъезжал. Где только не был — и в Амазонии, и в Голландской Ост-Индии, и у папуасов. У него дома такая коллекция — сами увидите...

И про коллекцию Бердичевский слышал: якобы там, в стеклянных банках, головы отрезанные. «Вроде как из дикарских стран привез, а там кто его разберет», — сказал портье.

— В конце концов графу странствовать тоже прискучило. Он уж который год безвылазно живет в Шварцвинкеле. Преоригинально обустроил свое обиталище, сами увидите. Считайте, вам повезло. Мало кого в замок допускают. Эксклюзивите — слово такое французское. Значит...

— Знаю я, что оно значит, — перебил Бердичевский. — Вы дальше рассказывайте. Я наслушался о вашем графе такого...

Кеша, кажется, надулся, что ему не дали блеснуть ученостью. Пробурчал:

— Без меня ни в жизнь бы вам туда не попасть. А что болтают всякое, так это от зависти и невежества.

И умолк.

Так и не узнал прокурор, правда ли, что вокруг замка дремучий лес, куда ходить строго-настрого запрещено, и чтобы никто не сунулся, в том лесу полно волчьих ям, ловушек и капканов. Будто бы несколько девок и ребятишек, кто польстился на тамошние грибы-ягоды, пропали бесследно. Полиция искала и в лесу, и в замке. Капканы с ямами видела, а следов не нашла. «Во рву под стенами, — шептал портье, — живет огромная болотная змеюка длиною в пять саженей. Целого человека заглотить может». Ну, дальше Бердичевский слушать не стал, поскольку это уж были явные побасенки. А теперь пожалел, что не дослушал.

Экипаж катил по холмам, по полям. Постепенно стемнело, на небе проступили звезды — сначала блеклые, но с каждой минутой прибавлявшие яркости.

Куда меня несет, содрогнулся вдруг Матвей Бенционович, оглядывая этот гоголевский пейзаж. Что я скажу графу? Что меня вообще там ждет? Особенно в случае, если гомосексуальная версия подтвердится и магнат действительно связан с убийцами.

Во всем виноват охотничий азарт, заставивший благоразумного человека, отца семейства, забыть об осторожности.

Не повернуть ли, засомневался прокурор. Ведь, если пропаду, никто даже не узнает, что со мной произошло.

Но вспомнилась Пелагия. Как она поднималась по трапу, как шла по палубе, опустив голову, и на беззащитные плечи падал свет фонаря...

Статский советник выпятил вперед подбородок, грозно сдвинул брови. Еще поглядим, кто кого должен бояться: Бердичевский волынского магната либо наоборот.

— У вас профиль красивый, — нарушил молчание Кеша. — Как на римской монете.

И потерся коленкой о ногу соседа. Матвей Бенционович строго взглянул на распущенного юнца, отодвинулся.

— Это из-за Рацевича, да? — вздохнул молодой человек. — Так его любите? Что ж, уважаю однолюбов.

— Да, я однолюб, — сурово подтвердил прокурор и отвернулся.

Что такое гомосексуализм, зачем он людям, размышлял Матвей Бенционович. И ведь что примечательно: чем выше уровень цивилизации, тем больше людей, предающихся этому осуждаемому обществом и всеми религиями пороку. И порок ли это? А может быть, закономерность, связанная с тем, что, двигаясь от первобытного костра к электрическому сиянию, человечество отдаляется от природности? В какой большой город ни приедешь — в

Питер ли, в Москву ли, в Варшаву — всюду они, и
с каждым годом их всё больше, и держатся всё от-
крытее. Это неспроста, это некий знак, и дело тут
не в падении нравов и не в распущенности. С человеком происходят какие-то важные процессы, смысла которых мы пока не постигаем. Культура влечет
за собой утонченность, утонченность приводит к
противоестественности. Мужчине уже не нужно
быть сильным, это становится пережитком. Женщина перестает понимать, с какой стати она должна уступать первенство, если мужчина более не является сильным полом. Через каких-нибудь сто лет
общество (во всяком случае, его культурная часть)
будет сплошь состоять из женственных мужчин
вроде Кеши и мужеподобных женщин вроде Фиры
Дорман. То-то перепутаются все инстинкты и плотские устремления!

Мысль Матвея Бенционовича забредала всё
дальше, в совсем уж отдаленное будущее. Человечество вымрет оттого, что в конце концов разница между полами вовсе исчезнет и люди перестанут размножаться. Если, конечно, научная
мысль не изобретет какого-нибудь нового способа
воспроизводства человеческих особей, наподобие
почкования. Берешь, к примеру ребро, как Господь Бог у Адама, и выращиваешь нового человека. Всё травоядно, пристойно. Никаких африкан-
ских страстей, никакого огненного сплетения мужского и женского начал.

Какое счастье, что в этом земном раю меня уже не будет, поёжился статский советник.

— Вон он, Шварцвинкель, — показал куда-то вверх Кеша.

Уникальная коллекция

Высунувшись из коляски, Матвей Бенционович увидел вдали большой тёмный конус, на верхушке которого подрагивали огни.

— Что это там, костры? — удивился он.

— Факелы на башнях. Я же говорил, средневековый замок.

С разбитого, ухабистого шляха в сторону непонятного конуса свернула дорога, узкая, но зато вымощенная гладким камнем.

Это большой холм, поросший лесом, понял про конус Бердичевский. А на самой вершине замок. Теперь можно было разглядеть зубчатые стены, подсвеченные пляшущими язычками пламени.

В следующую минуту фаэтон въехал в лес, и замок исчез. Стало совсем темно.

— Хорошо, что на оглобле фонарь, — заметил прокурор, чувствуя, как фаэтон кренится набок. — А то не видно ни зги.

На миг представилось: сейчас перевернёмся на крутом склоне, покатимся кубарем в чащу — и в какую-нибудь волчью яму, утыканную острыми кольями...

— Ничего, Семён хорошо знает дорогу.

Просека опоясывала холм спиралью, постепенно забираясь в гору. Деревья с обеих сторон подступали вплотную, словно частокол, и трудно было поверить, что совсем близко, в какой-нибудь сотне шагов, горит свет и живут люди.

И Кеша как назло молчал.

— Что-то едем, едем... — не выдержал Матвей Бенционович. — Долго еще?

Спрошено было без особого смысла, только чтоб услышать человеческий голос, но молодой человек, прежде столь разговорчивый, ничего не ответил.

Экипаж выровнялся и покатил по горизонтальной поверхности. Сделав последний поворот, дорога вывела на большую площадку, выложенную булыжником. Впереди показалась массивная башня, ворота с двумя горящими факелами. Перед воротами — подъемный мост, под мостом ров — тот самый, в котором, по уверениям портье, обитала болотная гадина...

Бр-р, готический роман, передернулся статский советник. Провал во времени.

Откуда-то сверху донесся грубый, зычный голос:

— Хто?

Кеша открыл дверцу со своей стороны, высунулся.

— Фома? Это я, Иннокентий! Открывай. Да освещение включи, ни черта не видно.

На площадке зажглись два фонаря, самых что ни на есть современных, электрических, и время утратило зыбкость, вернулось из середины второго тысячелетия в его конец. Бердичевский с удовлетворением отметил столбы с проводами, почтовый ящик на воротах. Какое к лешему средневековье, какая болотная змея!

Открылась узкая дверь, вышел здоровенный мужчина, одетый сплошь в черную кожу. Из кожи была и рубашка с вырезом на волосатой, мускулистой груди, и высокие сапоги, и облегающие штаны с кожаным мешочком в паху, как на картинах шестнадцатого столетия. Гульфик, вспомнил Бердичевский название этого нелепого атрибута средневековой одежды. Только это был не гульфик, а целый гульфище.

Кеша легко спрыгнул на землю, по-кошачьи потянулся.

— Хтой-то? — спросил Фома, показывая на Матвея Бенционовича.

— Со мной. Гость. Я сам скажу его сиятельству. Отпустите Семена, — обратился молодой человек к прокурору. — Для обратной дороги граф даст свой экипаж.

Когда Бердичевский расплачивался с кучером, тот замялся, словно хотел что-то сказать, да, видно, в последний момент передумал. Лишь крякнул, сдвинул шапку на глаза и покатил восвояси.

Статский советник проводил фаэтон тоскливым взглядом. Не нравился Матвею Бенционовичу замок Шварцвинкель, даже незвирая на электричество и почтовый ящик.

Вошли внутрь.

Двор и постройки Бердичевский толком не рассмотрел, потому что в темноте архитектурные подробности разглядеть трудно. Кажется, что-то затейливое: башенки, грифоны на водостоках, каменные химеры на фоне звездного неба. В главном доме, за шторами, горел электрический свет: в окнах первого этажа тусклый, второго — яркий.

В дверях приехавших встретил другой слуга, которого Кеша назвал Филипом. Одет он был в точности как Фома, из чего следовало, что это у графской челяди такие ливреи. Опять впечатлили размеры гульфика. Вату они туда набивают, что ли, подумал прокурор, покосившись украдкой. И только теперь, наивный человек, сообразил, что эти жеребцы, должно быть, используются его сиятельством не только для ухода за домом.

Скрипя черной кожей, Филип повел гостей по мраморной лестнице, украшенной изваяниями рыцарей. На втором этаже, в просторной, со вкусом обставленной комнате, поклонился и вышел, оставив Матвея Бенционовича и Кешу вдвоем.

Молодой человек кивнул на высокую дверь, что вела во внутренние покои.

— Я скажу о вас графу. Посидите пока здесь, в приемной.

Прокурору показалось, что Кеша нервничает. Он поправил перед зеркалом галстук, пригладил куафюру, потом вдруг достал фарфоровый тюбик и ловко подкрасил губы. Бердичевский от неожиданности заморгал.

Едва блондинчик скрылся в соседней комнате, статский советник вскочил с кресла и на цыпочках подсеменил к двери. Приложил ухо, прислушался.

Доносился шустрый Кешин тенорок, но разобрать слов Бердичевский не смог.

Неестественно упругий, словно подкачиваемый насосом голос произнес:

— В самом деле?

Снова неразборчивая скороговорка.

— Как-как? Берг-Дичевский?

Кеша в ответ: трень-трень-трень-трень.

— Что ж, давай поглядим.

Матвей Бенционович развернулся, в три бесшумных прыжка скакнул назад к креслу, упал в него, небрежно закинул ногу на ногу.

И вдруг увидел в дверях, что вели на лестницу, Филипа. Тот смотрел на гостя с непроницаемым лицом, сложив на груди крепкие, оголенные по локоть руки.

Проклятье! Мало того, что ничего полезного не услышал, так еще перед слугой осрамился!

Прокурор почувствовал, что лицо заливается краской, однако рефлексировать было некогда.

Открылась дверь гостиной, и вышел хозяин.

Бердичевский увидел изящного господина с очень белой кожей и очень черными волосами. Подкрученные усы издали выглядели жирной угольной чертой, рассекающей лицо напополам. Э, да тут не обошлось без какой-нибудь инфернальной Зизи, подумал наторевший в окрашивании волосяного покрова статский советник.

Чарнокуцкий был в шелковой китайской шапочке с кистью и черном халате с серебряными драконами, из-под которого белела рубашка с кружевным воротником. Неподвижное лицо магната казалось лишенным возраста: ни единой морщинки. Лишь выцветший оттенок голубых глаз позволял предположить, что их обладатель ближе к закату жизни, нежели к ее восходу. Впрочем, взгляд его сиятельства был не пресыщенным, а острым и пытливым, как у любознательного мальчугана. Составившийся ребенок — так мысленно определил графа Матвей Бенционович.

— Добро пожаловать, господин Берг-Дичевский, — сказал хозяин уже знакомым прокурору резиновым голосом. — Прошу извинить за наряд. Не ждал гостей в столь позднее время. У меня редко бывают без предварительной договоренности. Но я знаю, что Иносан случайного человека не привезет.

Это он Кешу так называет, не сразу сообразил Матвей Бенционович, «Иннокентий» — «Innocent».

Чарнокуцкий чуть шевельнул крыльями носа, будто подавлял зевок. Стало понятно, отчего голос звучит так неестественно: граф почти не шевелил губами и избегал какой-либо мимики — должно быть, во избежание морщин. Шевеление ноздрей несомненно заменяло ему улыбку.

На вопрос, не родня ли он покойному фельдмаршалу графу Бергу, статский советник осторожно ответил, что очень, очень дальняя.

— Другим полякам об этом лучше не говорить, — опять дернул ноздрями его сиятельство. — Мне-то все равно, я совершенный космополит.

Вследствие этой реплики Матвей Бенционович, во-первых, вспомнил, кто такой фельдмаршал Берг — притеснитель Польши времен Николая Павловича и Александра Второго, а во-вторых, понял, что осторожный тон его ответа был воспринят хозяином неправильно. И слава Богу.

— Ты что, Филип? — воззрился граф на слугу.

Тот с поклоном приблизился, пошептал графу на ухо.

Наябедничал, скотина.

Брови Чарнокуцкого чуть поднялись, в глазах, обращенных на прокурора, мелькнула веселая искорка.

— Так вы — предводитель дворянства? Из Заволжской губернии?

— Что же здесь смешного? — нахмурил брови Матвей Бенционович, решив, что лучшая оборона — нападение. — По-вашему, Заволжье — такой медвежий угол, что там и дворянства нет?

Граф шепнул что-то Филипу и ласково похлопал его по тугой ляжке, после чего подлый лакей наконец убрался.

— Нет-нет, меня развеселило совсем другое. — Хозяин откровенно и даже, пожалуй, вполне бесцеремонно разглядывал гостя. — Забавно, что у Бронека Рацевича сердечный друг — дворянский предводитель. Этот проказник нигде не пропадет. Расскажите, как вы с ним познакомились?

На этот случай у Бердичевского имелось придуманное по дороге объяснение.

— Вы знаете Бронека, — сказал он, добродушно улыбнувшись. — Он ведь озорник. Попал у нас в глупую историю. Хотел для смеха попугать одну монашку, но немного перестарался. Угодил под суд. Как человек приезжий и никого в городе не знающий, обратился за помощью к предводителю — чтобы помог подобрать адвоката... Я, разумеется, помог — как дворянин дворянину...

Матвей Бенционович красноречиво умолк — мол, о дальнейшем развитии событий можете догадаться сами.

На лице графа вновь появилась зевкообразная улыбка.

— Да, он всегда был неравнодушен к особам духовного звания. Помнишь, Кеша, черницу, что забрела в замок просить подаяния? Помнишь, как Бронек ее, а?

К подрагиванию ноздрей прибавилось удушенное всхлипывание — это, очевидно, был уже не смех, а заливистый хохот.

Кеша тоже улыбнулся, но как-то криво, даже испуганно. А статский советник, услышав про черницу, внутренне напрягся. Кажется, горячо!

— Да что же мы стоим, прошу в гостиную. Я покажу вам свою коллекцию, в некотором роде совершенно уникальную.

Чарнокуцкий сделал приглашающий жест, и все переместились в соседнюю комнату.

Гостиная была обита и задрапирована красным бархатом самых разных оттенков, от светло-малинового до темно-пунцового, и поэтому производила странное, если не сказать зловещее, впечатление. Электрическое освещение, подчеркивая переливы кровавой гаммы, создавало эффект не то зарева, не то пламенеющего заката.

Первым, на чем задержался взгляд Бердичевского в этой удивительной гостиной, был египетский саркофаг, в котором лежала превосходно сохранившаяся мумия женщины.

— Двадцатая династия, одна из дочерей Рамсеса Четвертого. Купил в Александрии у грабителей гробниц за три тысячи фунтов стерлингов. Как живая! Вот взгляните-ка.

Граф приподнял кисею, и Матвей Бенционович увидел узкое тело, совершенно обнаженное.

— Видите, здесь прошел нож бальзамировщика. — Тонкий палец с полированным ногтем провел вдоль полоски, что тянулась по желтому морщинистому животу, и, дойдя до лобка, брезгливо отдернулся.

Статский советник отвел взгляд в сторону и чуть не вскрикнул. Из стеклянного шкафа на него, блестя глазенками, смотрела негритянская девочка — совсем как живая.

— Что это?!

— Чучело. Привез из Сенегамбии. Из-за татуировки. Настоящее произведение искусства!

Граф включил над стеллажом лампу, и Матвей Бенционович увидел на темно-коричневой коже лиловые узоры в виде переплетенных змеек.

— Там есть племя, в котором женщин украшают прелестными татуировками. Одна девчонка как раз умерла. Ну, я и выкупил труп у вождя — за винчестер и ящик патронов. Туземцы, кажется, решили, что я поедатель мертвечины. — Ноздри графа задергались. — А дело в том, что один из моих тогдашних слуг, Фелисьен, был превосходным таксидермистом. Впечатляющая работа?

— Да, — сглотнув, ответил Бердичевский.

Перешли к следующему экспонату.

Он оказался менее пугающим: обыкновенный человеческий череп, над ним — портрет напудренной дамы с глубоким декольте и капризно приспущенной нижней губой.

— А это что? — с некоторым облегчением спросил Матвей Бенционович.

— Вы не узнаете Марию-Антуанетту? Это ее голова. — Граф любовно погладил череп по блестящей макушке.

— Откуда он у вас?! — ахнул Бердичевский.

— Приобрел у одного ирландского лорда, оказавшегося в стесненных обстоятельствах. Его предок во время революции был в Париже и догадался подкупить палача.

Статский советник переводил взгляд с портрета на череп и обратно, пытаясь обнаружить хоть какое-то сходство между человеческим лицом при жизни и после смерти. Не обнаружил. Лицо существовало само по себе, череп сам по себе. Ну и сволочь же парижский палач, подумалось Матвею Бенционовичу.

Дальше стоял стеклянный куб, в нем кукольная головка с курчавыми волосами — сморщенная и маленькая, как у новорожденного младенца.

— Это с острова Новая Гвинея, — пояснил граф. — Копченая голова. Не бог весть какая редкость, в европейских коллекциях таких немало, но сия примечательна тем, что я, можно сказать, был лично знаком с этой дамой.

— Как так?

— Она провинилась, нарушила какое-то табу, и за это ее должны были умертвить. Я был свидетелем и умерщвления, и последующего копчения — правда, ускоренного, потому что по правилам обработка должна продолжаться несколько месяцев, а я не мог столько ждать. Меня честно предупредили, что сувенир может через несколько лет протухнуть. Но пока ничего, держится.

— И вы ничего не сделали, чтобы спасти эту несчастную?

Вопрос Чарнокуцкого позабавил.

— Кто я такой, чтобы мешать отправлению правосудия, хоть бы даже и туземного?

Они подошли к большой витрине, где на полочках были разложены мешочки разного размера, стянутые кожаными тесемками.

— Что это? — спросил Матвей Бенционович, не находя в этих экспонатах решительно ничего интересного. — Похоже на табачные кисеты.

— Это и есть кисеты. Работа индейцев американского Дикого Запада. Ничего не замечаете? А вы рассмотрите.

Магнат открыл дверцу, вынул один из кисетов и протянул гостю. Тот повертел вещицу в руках, удивляясь тонкости и мягкости кожи. В остальном ничего примечательного — ни узора, ни тиснения. Только в середине подобие пуговки. Присмотрелся — и в ужасе отшвырнул кисет обратно на полку.

— Да-да, — заклекотал его сиятельство. — Это сосок. У воинов некоторых индейских племен есть милый обычай — приносить из набега мужские скальпы и женские груди. Но бывают трофеи и похлеще.

Он снял с полки нечто, похожее на связку сушеных грибов. На веревку были нанизаны темные колечки, некоторые почему-то с волосками.

— Это из бразильских джунглей. Я гостил у одного лесного народца, который воевал с женщинами-амазонками, кровожаднейшими тварями, которых, по счастью, впоследствии полностью истребили. Сию гирлянду я выкупил у главного храбреца, который лично убил одиннадцать амазонок. Видите, тут ровно одиннадцать колечек.

— А что за колечки? — спросил непонятливый Бердичевский, тут же всё понял сам, и его замутило.

Из глубины дома донесся тихий звон гонга.

— Готовы закуски, — объявил граф, прерывая ужасную экскурсию. — Не угодно ли?

После увиденного прокурору было не до закусок, но он поспешно сказал:

— Благодарю, охотно.

Куда угодно, только бы подальше из этой комнаты.

Загнали волка в кут

В соседней зале, столовой (слава богу, самой обыкновенной, без копченых голов и вяленых гениталий), Матвей Бенционович один за другим осушил два бокала вина и лишь тогда избавился от противного дрожания в пальцах. Съел виноградину. Желудок содрогнулся, но ничего, выдержал.

Кеша как ни в чем не бывало уплетал фаршированных перепелок. Граф же к еде не притронулся, только пригубил коньяк и сразу закурил сигару.

— Что ж, в Заволжске имеется *общество*? — спросил он, произнеся последнее слово таким образом, что было ясно, о каком именно обществе идет речь.

— Небольшое, но есть, — ответил Бердичевский, готовясь врать.

Чарнокуцкий с живейшим интересом задал еще несколько вопросов, иные из которых заволжец совсем не понял. Что могло означать: «Есть ли у вас цыплячья ферма?» К птицеводству вопрос отношения явно не имел. Или еще: «Устраиваете ли карусель?» Что за карусель имелась в виду, черт ее разберет. Какие-нибудь педерастические пакости.

Чтоб, как говорят воришки, *не запалиться*, прокурор решил перехватить инициативу.

— На меня сильное впечатление произвела ваша коллекция, — сменил он тему. — Скажите, отчего вы коллекционируете лишь... э-э-э... останки прекрасной половины человечества?

— Женщина — не прекрасная половина человечества и вообще никакая не половина, — отрезал граф. — Это пошлая карикатура на человека. Говорю вам как медик. Уродливое, несуразное существо! Медузообразные молочные железы, жировые подушки таза, нелепое устройство скелета, писклявый голос...

Чарнокуцкого передернуло от отвращения.

Эге-ге, подумал Матвей Бенционович, хоть ты и медик, а по тебе самому плачет больничная палата. Та, что запирается снаружи.

— Позвольте, но совсем без женщин тоже нельзя, — мягко возразил он. — Хотя бы с позиции продолжения человеческого рода...

Графа этим аргументом он не сбил.

— Из самых плодовитых нужно вывести специальную породу, как это делают с коровами или свиноматками. Держать в хлеву. Оплодотворять, разумеется, при помощи шприца, не иначе.

По лицу женоненавистника пробежала гримаска отвращения.

Издевается он, что ли, засомневался вдруг Бердичевский. Дурака валяет? Ладно, черт с ними, с идиотскими теориями этого психопата. Пора повернуть к делу.

— Как это было бы чудесно — жить в исключительно мужском обществе, в кругу себе подобных, — мечтательно произнес статский советник. — Вы слышали, что некий американский миллионщик восстанавливает библейский Содом?

— Слышал. Занятный плод американской назидательности. С точки зрения филантропии, конечно, следовало бы потратить эти миллионы на хлеб для нищих, но этим мир не удивишь. Да и что проку? Съедят нищие дармовой хлеб и завтра потребуют еще, не напасешься. А тут урок человечеству. Мистер Сайрус — добропорядочный семьянин и «извращенцев» терпеть не может, но хочет явить современникам образец терпимости и милосердия к париям. О, американцы всех нравственности научат, лишь дайте срок.

— Должно быть, у Содомской затеи немало врагов? — подступился Матвей Бенционович к ключевой теме. — Из числа ханжей и религиозных фанатиков. Сейчас развелось столько сект, призывающих к ветхозаветной нетерпимости.

Собирался отсюда вывернуть на Мануйлу — прощупать, как относится его сиятельство к пророку, которого пытался убить одноглазый Бронек.

Но разговор прервался. В гостиную, хрустя блестящей кожей, вошел Филип и с поклоном протянул хозяину длинную бумажную ленточку.

Оказывается, в средневековом замке есть телеграф? Эта новость прокурору почему-то не понравилась.

Чарнокуцкий пробежал глазами довольно длинную депешу и вдруг сказал Кеше:

— Иносан, глупый мальчишка, придется тебя высечь. Кого ты привез?

Красавчик блондин подавился ломтиком апельсина, а у Бердичевского скакнуло сердце. Он дрогнувшим голосом воскликнул:

— Что вы хотите этим сказать, граф?

— До чего же вы, жиды, наглая порода, — покачал головой магнат и более к Матвею Бердичевскому не обращался — только к Кеше. — Послушай-ка, что пишет Микки: *«Губернским предводителем в Заволжске граф Ростовский. Уездные предводители: князь Бекбулатов, барон Штакельберг, Селянинов, Котко-Котковский, Лазутин, князь Вачнадзе, Бархатов и граф Безносов, еще три уезда предводителей не имеют за малым числом природного дворянства. Лицо, о котором ты запрашиваешь, действительно жительствует в Заволжске, но фамилия перепутана и должность не та. Че Матвей Берг-Дичевский, а Матвей Бердичевс-*

кий, окружной прокурор. Статский советник, со-
рока лет, выкрест».

Щеки у Кеши из розовых сделались зеленова-
тыми. Он рухнул на колени и всхлипнул:

— Я знать не знал, клянусь!

Граф толкнул его носком туфли в лоб — молодой человек опрокинулся на ковер и захныкал.

— Кто вам прислал эту ерунду? — спросил Матвей Бенционович, еще не успев приспособиться к
катастрофическому изменению ситуации, ведь до
сего момента всё шло так гладко!

Граф выпустил струю сигарного дыма. Прокурора разглядывал с гадливым любопытством, словно какое-то невиданное насекомое или раздавлен-
ную лягушку. Всё же удостоил ответом:

— Микки, один из наших. Больша-ая фигура.
Не сегодня-завтра министром станет. И правильно — золотой работник. Такому можно и в пол-
ночь телеграмму слать — наверняка застанешь на
службе.

Приходилось срочно менять тактику — отказы-
ваться от тупого запирательства и, что называется,
выкладывать карты на стол.

— Ну раз вы теперь знаете, что я прокурор, то
должны понимать: я приехал к вам не шутки шу-
тить, — строго молвил Бердичевский, испытывая
даже некоторое облегчение, что не нужно больше
ломать комедию. — Немедленно отвечайте, это вы
внесли долг за Рацевича?

И тут случилось невообразимое.

Статского советника сзади схватили за локти, больно вывернув руки.

— Оставь, Филип, — поморщился граф. — Зачем? Пускай еврейчик покукарекает.

— У него в кармане тяжелое, — объяснил лакей. — Вот.

Без труда обхватив оба запястья пленника одной лапищей, он вытащил из прокуророва кармана «лефоше», протянул графу.

Тот взял револьвер двумя пальцами, кинул на него один-единственный взгляд и отшвырнул в сторону со словами:

— Дешевая дрянь!

Бердичевский тщетно извивался в стальных тисках.

— Пусти, мерзавец! Я статский советник! Я тебя за это в Сибирь!

— Отпусти, — разрешил Чарнокуцкий. — Ядовитый зуб выдернут, а махать кулаками у жидов не заведено. Жидковаты, — скаламбурил он. — Знаете, еврейский советник, за что я вашу породу не люблю? Не за то, что вы Христа распяли. Туда ему, жиду, и дорога. А за то, что вы, как и бабы, карикатура на человечество. Вы только прикидываетесь мужчинами.

— Я представитель власти! — крикнул Матвей Бенционович, держась за онемевшее запястье. — Вы не смеете себя так со мной...

— Нет, — перебил граф с внезапным ожесточением. — Ты крыса, проникшая в мой дом воровс-

ким манером. Если б ты не был жидом, я бы просто
выкинул тебя за ворота. Но за то, что я, Чарнокуцкий, битый час перед тобой распинался и поил тебя
тридцатилетним коньяком, ты заплатишь мне жиз-
нью. И никто об этом не узнает. Не ты первый, не
ты и последний.

— Вы фигурант в деле! — попытался втолко-
вать сумасшедшему Бердичевский. — Хоть я прибыл сюда конспиративно, но я веду важное расследование! Вы — главный подозреваемый! Если я не
вернусь, здесь завтра же будет полиция!

— Врет он про расследование, — пискнул не
решавшийся подняться с ковра Кеша. — Он про
вас от меня услыхал, а раньше даже имени не знал.

— А кучер? — напомнил прокурор. — Он привез меня сюда и вернулся в город! Если я исчезну,
кучер всё расскажет!

— Кто вез, Иносан? — спросил Чарнокуцкий.

— Семен. Что ж я, чужого кучера возьму?

Граф раздавил сигару в пепельнице и весело
объявил Матвею Бенционовичу, снова переходя с
ним на «вы», но явно в издевательском смысле:

— Наши волынские мужички, у которых в лек-
сиконе намешано двунадесять языков, говорят: «Заг-
нали волка в кут, там ему и капут». Не вешайте
свой кривой нос, господин Бердичевский. Ночь впереди длинная, вас ожидает много интересного. Сейчас спустимся в подвал, и я покажу вам секретную
часть моей коллекции, самую интересную. Там не
те экспонаты, что я купил, а те, что создал сам.

Присовокупить вас к коллекции не смогу — сами видели, у меня только женщины. Разве что какой-нибудь небольшой кусочек, в порядке исключения?

Допрос с пристрастием

Глядя на вытянувшееся от ужаса лицо пленника, граф зашелся в приступе своего квохчущего, застывшего смеха.

— Нет, не тот кусочек, о котором вы подумали. Это было бы кощунством по отношению к мужскому телу. Иносан, друг мой, как тебе экспонат «еврейское сердце»? В банке со спиртовым раствором, а?

Кеша не ответил, только судорожно дернул узел галстука.

Чарнокуцкий же подошел к столу, взял из вазы персик, любовно погладил его бархатную щечку.

— Нет! — продолжал веселиться он. — Есть идея получше! Фунт жидовского мяса! — И продекламировал с безупречным итонским выговором. — «Equal pound of your fair flesh, to be cut off and taken in what part of your body pleaseth me»*. Я даже предоставлю вам выбор, не то что Шейлок бедному Антонио. Откуда предпочитаете?

Матвей Бенционович не умел так красиво говорить по-английски, а потому ответил по-русски:

---

* «Фунт вашего прекраснейшего мяса, чтоб выбрать мог часть тела я любую и мясо вырезать, где пожелаю» *(пер. Т. Щепкиной-Куперник)*.

— Мне подачек не надо. Пусть будет, как в вашей юдофобской пьесе — «сколь можно ближе к сердцу».

Расстегнул пиджак и похлопал себя по левому боку, где в жилетном кармане лежал «подарок от фирмы», однозарядная капсюльная безделушка с дулом ненамного толще соломинки. Что ж, утопающий, как известно, хватается и за соломинку.

Именно так прокурор и поступил — схватился за пистолетик, да так яростно, что сломал о курок ноготь на большом пальце.

— Это что такое? Клистирная трубка? — ничуть не испугался граф. — Что-то маловата.

В эту секунду с Бердичевским случилась удивительная метаморфоза — он вдруг совершенно избавился от страха и впал в чудовищную, небывалую для себя ярость. На то была своя причина.

Мы уже упоминали о перемене, произошедшей в характере этого мирного и даже боязливого человека в результате нежданной влюбленности, однако в данный момент искрой, от которой приключился взрыв, послужило обстоятельство куда менее романтическое. Дело в том, что Матвей Бенционович всегда чрезвычайно мнительно относился к своим ногтям. Микроскопический заусенец или, не дай бог, трещинка совершенно выводили его из равновесия, а пресловутое «ногтем по стеклу» повергало в дрожь. Обязательная гигиеническая операция, которую цивилизованная часть человечества производит над своими ногтями раз в четыре дня, была для Бердичевского мукой, особенно в заключительной своей фазе, предполагающей обработку пилкой. А тут от ногтя отломился целый кусок и торчал самым отвратительным образом! Эта маленькая неприятность, сущий пустяк по сравнению с ситуацией в целом, оказалась последней каплей: у статского советника потемнело в глазах от лютой злобы, страх уступил место остервенению.

— Это жилетный пистолет! — прорычал Матвей Бенционович, наливаясь кровью. — Незаменимая вещь при нападении ночного грабителя! Обладает поразительной для такого калибра убойной силой!

Граф чуть-чуть поморщился.

— Филип, отбери у него эту мерзость.

Тут бы и пальнуть в подлого аристократа, продемонстрировать ему замечательные качества оскорбленного пистолета, но прокурору вспомнилось, как приказчик из оружейного магазина предупреждал: «Конечно, при расстоянии более двух саженей убойность ослабевает, а с пяти саженей и вовсе нечего зря патрон тратить».

До магната было не пять саженей, но, увы, и не две.

Посему Бердичевский резво скакнул в сторону и наставил дуло на буйволоподобного Филипа. Времени на глупые предостережения («Стой! Стрелять буду!» и прочее) тратить не стал, а просто взвел курок и сразу же спустил.

Хлопок был негромкий, потише, чем от шампанского. Отдачи рука почти не ощутила. Дым, выметнувшийся из крошечного ствола, был похож на клочок ваты — такой разве что в ноздрю засунешь.

Однако — невероятная вещь — детина согнулся пополам и схватился обеими руками за живот.

— Ваше сия... — охнул Филип. — Он мене в брюхо! Больно — силов нет!

На несколько мгновений столовая обратилась в подобие пантомимы или па-де-катр. На лице графа отразилось бескрайнее изумление, чреватое появлением по меньшей мере двух или трех морщин; руки его сиятельства плавно разъехались в стороны. Кеша застыл на полу в позе умирающего и даже почти уже умершего лебедя. Раненый слуга качался на каблуках, согнутый в три погибели. Да и сам Бердичевский, в глубине души мало веривший в действенность своего оружия, на миг окоченел.

Первым опомнился статский советник. Отшвырнув бесполезный пистолетик, он бросился к валявшемуся на полу «лефоше», подхватил его и задергал пальцем в поисках спускового крючка. Ах да, он же складной!

Взвел курок, переложил револьвер в левую руку, сломанный ноготь сунул в рот — ощупывать языком.

Пусть «лефоше», как выразился граф, и «дешевая дрянь», но шесть пуль — это вам не одна. Да и бьет не на две сажени.

— Ой, больно! — взвыл Филип во весь голос. — Утробу мне стрелил! Мамочка, горячо! Помираю!

Перестал раскачиваться, повалился, засучил ногами.

— Молчать! — противным, визгливым голосом заорал на него белый от бешенства Бердичевский. — Лежи тихо, не то еще раз выстрелю!

Верзила немедленно умолк и более никаких звуков не производил — только кусал губы да вытирал слезы, странно выглядевшие на грубом бородатом лице.

Кеше прокурор приказал, зализывая ноготь:

— Ты, пафкудник, барф под фтол, и фтоб тебя тове быво не флыфно!

Молодой человек немедленно передислоцировался на указанную позицию, причем выполнил этот маневр на четвереньках.

Теперь можно было заняться и главным объектом.

Объект всё еще не вышел из остолбенелости — так и стоял на месте с надкушенным персиком в руке.

— А с баби, бафе фияфельство, бы пофолкуем, — сказал Матвей Бенционович, не вынимая пальца изо рта, и улыбнулся так, как никогда еще в жизни не улыбался.

Со статским советником творилось что-то малопонятное, но при этом восхитительное. Всю жизнь Бердичевский считал себя трусом. Иногда ему доводилось совершать смелые поступки (прокурору без этого нельзя), но всякий раз это требовало напряжения всех душевных сил и потом отдавалось сердечной слабостью и нервной дрожью. Сейчас же

никакого напряжения Матвей Бенционович не испытывал — размахивал револьвером и чувствовал
себя просто великолепно.

Бывало в детстве, шмыгая разбитым в кровь
носом, он, сапожников сын и единственный жиде-
нок во всей мастеровой слободке, воображал, как
убежит из города, поступит на военную службу и
вернется назад офицером, при эполетах и сабле. То-
то расквитается и с Васькой Прачкиным, и с под-
лым Чухой. Будут ползать, умолять: «Мордка, ми-
ленький, не убивай». Он взмахнет саблей, скажет:
я вам не Мордка, я поручик Мордехай Бердичевский! А потом, так и быть, простит.

Почти что в точности всё и сбылось, только за
минувшие с тех пор тридцать лет Матвей Бенционович, видно, ожесточился сердцем — прощать графа Чарнокуцкого ему не хотелось, а хотелось убить
эту гнусную тварь прямо здесь и сейчас, причем
желательно не наповал, а чтобы покорчился.

Должно быть, это желание слишком явно чита-
лось в глазах осатаневшего прокурора, потому что
его сиятельство вдруг выронил персик и схватился
за край стола, словно ему стало трудно удерживаться на ногах.

— Если вы меня застрелите, вам живым из замка не выйти, — быстро сказал магнат.

Бердичевский взглянул на мокрый палец, поморщился:

— Я и не собираюсь никуда идти, на ночь глядя. Первым делом прикончу вас, потому что вы ос-

корбляете своим существованием Вселенную. Потом ваш Филип, если не хочет получить еще одну пулю, сходит со мной на телеграфный пункт и отстучит депешку господину начальнику полиции. Как, Филя, отстучишь депешку?

Лакей кивнул, ответить вслух побоялся.

— Ну вот. Там я забаррикадируюсь и подожду полицию.

— За убийство графа Чарнокуцкого попадете на каторгу!

— После того как полиция обнаружит в подвале вашу секретную коллекцию? Орден мне будет, а не каторга. Ну-ка!

Матвей Бенционович прицелился его сиятельству в середину фигуры, потом передумал — навел дуло в лоб.

Лицо Чарнокуцкого, и без того белое, сделалось вовсе меловым. Один иссиня-черный ус непостижимым образом поник, второй еще хорохорился.

— Чего... чего вы хотите? — пролепетал хозяин замка.

— Сейчас у нас будет допрос с пристрастием, — объявил ему Бердичевский. — О, я к вам очень, очень пристрастен! Мне будет невероятно трудно удержаться, чтобы не прострелить вашу гнилую голову.

Граф смотрел то на перекошенное лицо статского советника, то на прыгающее в его нетвердой руке дуло.

Быстро проговорил:

— Я отвечу на все вопросы. Только держите себя в руках. У вас спуск достаточно тугой? Выпейте мозельского, оно успокаивает.

Идея показалась Матвею Бенционовичу неплохой. Он приблизился к столу. Не сводя с графа глаз, нашарил какую-то бутылку (мозельское или не мозельское — все равно), жадно отпил из горлышка.

Впервые в жизни Бердичевский пил вино прямо из бутылки. Это оказалось гораздо вкусней, чем из стакана. Поистине сегодня у статского советника была ночь удивительных открытий.

Он поставил бутылку, вытер мокрые губы — не платком, а прямо рукавом. Хорошо!

— Что вас связывает с штабс-ротмистром Рацевичем?

— Он мой любовник, — ответил граф без секунды промедления. — То есть был любовник... Я полгода его не видел и никаких сведений не имел — до вашего появления.

— Так я вам и поверил! Ведь это вы внесли за него залог!

— Ничего подобного. С какой стати? Если я за каждого из своих любовников буду платить по пятнадцати тысяч, всего состояния Чарнокуцких не хватит.

— Не вы?! — С прокурора разом слетел кураж. — Не вы?! А... а кто же?

Граф пожал плечами.

Версия номер три, столь блистательно возникшая на обломках двух предыдущих, рухнула. Время потрачено впустую! Опять получился пшик!

— На вас лица нет, — нервно сказал владелец замка. — Выпейте еще вина. Честное слово, я не знаю, кто выкупил Рацевича. Бронек не сказал.

Когда до прокурора дошел смысл последней фразы, он спросил:

— Значит, вы с ним виделись после его освобождения?

— Только один раз. Он держался загадочно, говорил непонятное. Был очень важен. Говорил: «Выкинули Рацевича, как рваный башмак. Ничего, господа, дайте срок». У меня создалось ощущение, что под «господами» он имел в виду своих начальников.

— Еще что? Да вспоминайте же, черт бы вас взял!

От крика Чарнокуцкий вжал голову в плечи, заморгал.

— Сейчас-сейчас. Он очень туманно изъяснялся. Будто бы его навестило в тюрьме какое-то значительное лицо. Это он так сказал: «Значительное лицо, очень значительное». Ну а потом за него внесли деньги. Вот и всё, что я знаю...

Не Пелагия

Сзади раздался шум.

Бердичевский обернулся и увидел, что подстреленный лакей, воспользовавшись тем, что о нем забыли, поднялся и полусогнувшись бежит по направлению к гостиной.

— Стой! — ринулся за ним прокурор. — Убью!

Филип рухнул ничком, закрыл голову руками.

— Кровь вытекает! Моченьки нет! Помираю!

И снова донесся стук бегущих ног — теперь уже с другой стороны.

На сей раз Матвей Бенционович не успел. Увидел лишь, как фигура в черном халате, блеснув серебряным драконом на спине, выскальзывает в дверь. Лязгнул засов, и главный пленник был таков.

— Лежи, скотина! — рявкнул статский советник на слугу и ринулся вдогонку за графом.

Подергал дверь — тщетно.

Тогда подбежал к столу, выволок из-под него Кешу.

— Что за той дверью?

— Кабинет.

— Слуг оттуда вызвать можно?

— Да. Там электрический звонок. И внутренний телефон...

Бердичевский и сам уже слышал пронзительную трель звонка и истеричный голос магната, кричащего что-то не то в трубку, не то просто из окна.

— Слуг в замке много?

— Человек десять... Нет, больше.

А патронов только шесть, подумал Матвей Бенционович, но не панически, а деловито.

Подбежал к окну, увидел внутренний двор. Из дальнего конца бежали какие-то тени. Бросился на другую сторону — там чернел лес, а внизу поблескивала вода

Распахнул раму, высунулся.

Да, это ров. Высоконько. Ну да выбора нет.

Вскарабкался было на подоконник, но кое-что вспомнил — спрыгнул обратно.

Сначала подбежал к двери в гостиную, запер ее на ключ. Потом схватил за лацканы Кешу.

— А ну-ка, юноша, отдавайте деньги. Ваша гипотеза не подтвердилась.

Блондин дрожащей рукой протянул прокурору весь бумажник. Матвей Бенционович вынул свою сотенную.

Послышался топот ног, дверь затряслась — в нее толкались плечами.

Оглядев напоследок комнату, Бердичевский цапнул со стола недопитую бутылку и лишь после этого вернулся к окну.

В дверь размеренно колотили чем-то тяжелым. С филенки отлетела золоченая завитушка.

Поскорей, чтоб не успеть испугаться, прокурор шагнул в пустоту.

— Ы-ы!!! — вырвался из его горла отчаянный крик, а в следующую секунду рот пришлось закрыть, потому что статский советник с головой ушел в пахучую черную воду.

Ударился ногами о мягкое дно, оттолкнулся, вынырнул.

Выплюнув склизкую тину, запрыгал к берегу. Плыть было невозможно, потому что в одной руке Бердичевский держал бутылку, в другой — «лефоше». Пришлось скакать наподобие кузнечика: толкнулся ногами, глотнул воздуха, снова ушел с головой. Правда, глубина была небольшая, кисти рук оставались над поверхностью.

Скачков в пять-шесть добрался до мелкого места. Наткнулся костяшками пальцев на что-то скользкое, круглое, податливое — и заорал в голос, вспомнив о болотной гадине. Но ни бутылку, ни револьвер не выпустил.

Слава Богу, это была не змея — старые, размокшие бревна, которыми оказались выложены стенки рва.

Бердичевский кое-как уперся ногой, вылез из воды и дополз до кустов. Только тогда оглянулся на замок.

В освещенном окне (и вовсе не так уж высоко, как казалось сверху) торчали две головы, потом между ними влезла третья.

— Догнать! — послышался голос графа. — Тысячу рублей даю!

Сил бегать по ночному лесу у прокурора не было — полет из окна и прыганье в воде порядком поубавили в нем пыл к физическим упражнениям. Следовало остудить в слугах прыть, пусть сообразят, что жизнь дороже тысячи целковых.

Матвей Бенционович вылил из револьверного ствола воду и дважды пальнул в стену.

Головы из освещенного прямоугольника немедленно исчезли.

— Лампы гаси! — истошно крикнул кто-то. — Ему нас видно! Убьет!

Свет в гостиной, а затем и во всем втором этаже погас.

Ну то-то.

Продравшись через кусты, мокрый и грязный прокурор спустился на мощеную дорогу. Отхлебнул из горлышка, припустил рысцой — чтобы согреться.

Бежать вниз было легко и приятно. Шагов с полста одолеешь — и глоток. Еще полста шагов — еще глоток.

Настроение у статского советника было просто чудесным.

В Житомир он добрался только на рассвете, в крестьянской телеге.

В номере помылся, переоделся. Купил у ночного портье из-под прилавка бутылку портвейна — оказал преступное пособничество нарушителю закона о правилах винной торговли.

Половину вылакал сразу — по-новому, прямо из горлышка. Однако не опьянел, а, наоборот, собрался с мыслями.

За окном занимался день. Прокурор сидел на кровати в подтяжках, тянул из бутылки портвейн и прикидывал последовательность дальнейших действий.

Искать на графа управу в полиции бесполезно. За ночь Чарнокуцкий, конечно, перепрятал, а то и уничтожил секретную часть своей коллекции (интересно, что у него там за гадости?). За этого выродка нужно будет взяться основательно, через Киев и генерал-губернаторскую канцелярию. Дело долгое, а чем закончится, ясно заранее: не каторгой — комфортабельной психиатрической лечебницей.

Ладно, это подождет. Есть дело куда более срочное.

Во сколько у них тут по субботам начинается присутствие?

Ровно в девять Бердичевский был в тюремном комитете, где от знакомого инспектора получил записку к смотрителю губернского узилища.

В тюрьме в долгие разговоры вступать не стал, спросил сразу:

— Книга посещений арестантов ведется?

— Так точно, ваше высокородие. С этим строго. Кто ни приди, хоть сам губернатор, обязательно записываем, — доложил дежурный надзиратель.

Вот с чего нужно было начинать, укорил себя Матвей Бенционович, чем в грязных канавах-то барахтаться. Скверный из меня сыщик. Не Пелагия.

Открыл журнал за 19 ноября прошлого года (в тот день выпустили Рацевича). Заскользил пальцем по строчкам, двигаясь снизу вверх.

18 ноября заключенного из одиннадцатой «дворянской» никто не навещал, хотя в тюрьме побывали двадцать шесть человек.

17 ноября было тридцать два посещения, но к Рацевичу опять никого.

16 ноября... Вот, вот оно!

В графе «К кому» аккуратным писарским почерком выведено: «В 11-ую к несостоятельному должнику Рацевичу». И напротив, в графе «роспись посетителя: имя, фамилия, звание», какие-то каракули.

Прокурор поднес регистрационную книгу к окну, где светлее.

Принялся разбирать небрежно написанные буквы.

Когда буквы сложились в имя, Бердичевский уронил журнал на подоконник и часто-часто захлопал ресницами.

XIII

МОРЕ МЕРТВЫХ

Будет Новейший Завет

Путь до Бет-Кебира был утомителен и однообразен.

Река Иордан жесточайше разочаровала паломницу своей худосочностью и неживописностью. Полина Андреевна отчасти даже обиделась на Провидение, которому отчего-то заблагорассудилось поместить величайшее событие в истории человечества у этого жалкого ручья, а, скажем, не на величественных берегах ее родной Реки, где небо и земля не щурятся от пыли и зноя, а смотрят друг на друга широко раскрытыми глазами.

Но когда Иордан влился в Мертвое море, иначе именуемое Асфальтовым, пейзаж стал еще скучней.

Справа горбилась лысыми холмами Иудейская пустыня, слева простиралось окутанное дымкой зеркало воды. Сначала Пелагии померещилось, что мор затянуто панцирем серебристого льда, что при такой жаре было совершенно немыслимо. Монахиня спустилась к берегу и протянула к воде руку. Даже вблизи иллюзия ледяного покрова была абсолютной. Но пальцы коснулись не холодной твердой корки, а погрузились в теплую, совершенно прозрачную влагу, под которой лежал сплошной слой белой соли. Полина Андреевна лизнула мокрую руку и ощутила вкус слез.

Глаза болели от нестерпимого блеска. Мерцало не только море, но и зазубренные скалы, пустыня, дорога. А тишина была такая, какой Пелагия не встречала нигде и никогда. Не шуршал песок, не плескалась вода, и когда Салах остановил лошадей, чтобы дать им отдых, безмолвие окружающего мира стало просто невыносимым. «Мертвая тишина на Мертвом море», сказала про себя Пелагия, безо всякого намерения скаламбурить.

По мере приближения к южной оконечности соленого озера, вокруг становилось всё безжизненней и противоестественней. Из земли повылезали острые утесы, похожие не то на гигантские занозы, не то на ощеренные зубы Земли. Горы подступили почти вплотную к воде, будто хотели спихнуть повозку в едкий соляной раствор.

Полине Андреевне сделалось страшно. Не от бесприютности ландшафта, а от мысли о том, какое чудовищное злодеяние свершилось здесь много веков назад.

Тут была цветущая страна, которая ·«вся до Сигора орошалась водою, как сад Господень, как земля Египетская». Но разгневанный Бог пролил на Содом и Гоморру серу и огонь с неба, и появилась эта огромная воронка, наполненная горькими слезами. На дне ее, покрытые толстым слоем соли, лежат тысячи мертвых нечестивцев, а возможно, и несколько праведников. Ведь перед тем как свершиться страшной каре, у Бога был торг с Авраамом. *«И подошел Авраам и сказал: неужели Ты погубишь праведного с нечестивым? Может быть, есть в этом городе пятьдесят праведников? Неужели Ты погубишь, и не пощадишь места сего ради пятидесяти праведников в нем? Не может быть, чтобы Ты поступил так, чтобы Ты погубил праведного с нечестивым, чтобы то же было с праведником, что с нечестивым; не может быть от Тебя! Судия всей земли поступит ли неправосудно? Господь сказал: если Я найду в городе Содоме пятьдесят праведников, то Я ради них пощажу все место сие. Авраам сказал в ответ: вот, я решился говорить Владыке, я, прах и пепел: может быть, до пятидесяти праведников недостанет пяти, неужели за недостатком пяти Ты истребишь весь город? Он сказал: не истреблю, если найду там сорок пять. Авраам продолжал говорить с Ним и сказал: может быть, найдется там сорок? Он сказал: не сделаю того и ради сорока. И сказал Авраам: да не прогневается Владыка, что я буду говорить: может быть, найдется там тридцать? Он сказал: не сделаю, если найдется там тридцать. Авраам сказал: вот, я решился говорить Владыке: может быть, найдется там двадцать? Он сказал: не истреблю ради двадцати. Авраам сказал: да не прогневается Владыка, что я скажу еще однажды: может быть, найдется там десять? Он сказал: не истреблю ради десяти. И пошел Господь, перестав говорить с Авраамом».*

Пелагия всей душой была на стороне Авраама, который, дрожа от ужаса, бился с Вседержителем за спасение страны Содомской, но Божественный предел оказался суровей человеческого. Что же это получается, Достоевскому из-за одной-единственной слезы ребенка не в радость спасение всего мира, а Всевышнему мало девяти праведников, да еще рассердился — ушел, перестал говорить? Должно быть, в те далекие времена Бог был молод, а по молодости бескомпромиссен и жесток. Он еще не научился терпимости и милосердию, явленному в Новом Завете.

Бог меняется, открылось вдруг Пелагии. Как и человечество, Он с веками взрослеет, мягчеет и мудреет. А если так, то можно надеяться, что со временем вместо Нового Завета нам будет явлен Новейший, еще милосердней и просветленней предыдущего. Ведь люди и общество так переменились за две тысячи лет!

И она попыталась представить, каким станет Новейший Завет Господень. Ветхий был про то, что еврей должен хорошо относиться к другим евреям. Новый — про то, что всем людям следует любить друг друга. А Новейший, наверное, распространит любовь и на зверей. Разве нет души у лошади или собаки? Конечно, есть!

Славно было бы, если б Новейший Завет дал людям надежду на счастье в этой жизни, а не исключительно после смерти, в Царствии Небесном.

И еще... Но тут Пелагия осеклась, дала себе укорот. Какой еще Новейший Завет? Ее ли это ума дело? Да и сами эти мысли, об устарелости прежнего Завета, не сатанинское ли искушение, насланное мертвой пустыней?

Разбили лагерь в маленьком оазисе, где возле ручья росло несколько деревьев. Это была уже третья ночевка после того, как путешественники покинули Изреэльскую долину.

А утром, едва хантур отъехал от места ночлега, случилось чудо. Салах, в последний раз проезжавший в этих местах два года назад, был поражен еще больше, чем Пелагия.

Из Иудейской пустыни к морю выползло прямое, как стрела, шоссе, поглотило убогую прибрежную дорогу и повернуло на юг. Чахлые Салаховы лошадки приободрились, часто-часто заклацали копытами по асфальту. Тряски как не бывало, хантур задвигался втрое быстрее.

Полина Андреевна только диву давалась.

Мир вдруг перестал быть заброшенным и безлюдным. То и дело навстречу попадались одинаковые белые фургоны, запряженные дюжими мохнатоногими першеронами. На брезенте красовалась эмблема: изображение акрополя и буквы «S&G Ltd». Пелагия пораскинула мозгами, что бы это могло

значить, и догадалась: «Содом энд Гоморра лими-
тед», вот что это такое. Даже поёжилась от нехорошего названия.

Вскоре после полудня достигли арабского селения Бет-Кебир. За время пути Полина Андреевна
досыта насмотрелась на туземные деревни, как две
капли воды похожие одна на другую: слепые гли-
нобитные домишки едва выше человеческого роста;
стены и крыша непременно облеплены лепёшками
сохнущего верблюжьего навоза, который использу-
ется в качестве топлива; улочки узкие и грязные; к
проезжим сразу же кидается толпа голых детишек,
орущих «Бакшиш! Бакшиш!», а зловоние такое, что
хочется зажать нос.

И вдруг — новые беленькие домики с веранда-
ми, мощёные улицы, свежевысаженные кусты! Никаких попрошаек, оборванцев, прокажённых. А
постоялый двор, куда Салах завернул, чтобы разуз-
нать дальнейшую дорогу, показался измученной
путешествием Пелагии истинным дворцом.

Она помылась в настоящем душе, выпила крепкого чаю, расчесала волосы, переменила бельё. Салах тем временем вёл важные переговоры с хозяином. Прежде чем выяснил всё, что поручила Пелагия, выпил семь или восемь чашек кофе.

Оказалось, что нововыстроенный город Усдум
(так по-арабски произносится «Содом») от Бет-Кебира недалеко, всего пятнадцать вёрст, но женщинам туда ход заказан. *Лути* — люди хорошие, за

работу и поставки платят щедро, но у них свои правила.

— Кто такие «лути»? — спросила Полина Андреевна.

— *Лути* — это народ Лута. Того Лута, кто ушел из Усдума, а город сгорел.

А, народ Лота, поняла Пелагия, то есть мужеложцы.

Салах объяснил, что рабочие из Бет-Кебира входят в Усдум по специальному пропуску, а женщинам нельзя попасть дальше заставы, которая в пяти верстах от города. Дорога только одна, зажата между озером и длинной горой Джебель-Усдум. На заставе турецкие солдаты, начальника звать Саид-бей. Турки стерегут дорогу очень хорошо, даже ночью не спят, что для турецких солдат удивительно. И бакшиш не берут, что удивительно вдвойне. А всё потому, что *лути* им очень хорошо платят. Раньше Саид-бей со своими солдатами ютились в палатках, посреди пустыни. Они ловили контрабандистов и жили очень-очень плохо, а теперь *лути* попросили почтенного юзбаши перенести свой пост на дорогу, и турки стали жить очень-очень хорошо.

Сведения были неутешительными, Пелагия занервничала.

— А нельзя ли обойти заставу через пустыню, с другой стороны горы?

Салах пошел к хозяину пить еще кофе.

— Нет, нельзя, — сказал он, вернувшись. — Днем солдаты с гора увидят, у них там вышка. А ночью через пустыня не проехать, не пройти: ямы, камни, ноги сломаешь, шея свернешь.

— Скажи хозяину, я дам двадцать франков тому, кто проведет меня через заставу.

Верный помощник снова отправился на переговоры. Через четыре чашки кофе вернулся с довольным и загадочным видом.

— Можно. Гора Джебель-Усдум дырявая. Весной ручей течет, дырка находит. Тысяча лет вода течет — пещера. Хозяин знает, как через гора пролезть, но двадцать франк мало. Хочет пятьдесят. Пещера страшная, там джинны огня живут.

Услышав про пещеру, Полина Андреевна содрогнулась. Снова лезть в земное чрево? Ни за что — хоть с джиннами, хоть без джиннов.

Салах понял ее гримасу по-своему. Подумал немного, почесал затылок.

— Да, пятьдесят франк очень много. Дай мне двадцать пять, я тебя без пещера провезу.

— Но как?!

— Мой дело, — ответил палестинец с хитрым видом.

И вот они ехали мимо невысокого хребта, который, наверное, был единственным в своем роде: гора, расположенная ниже уровня моря. Впереди показалась большая парусиновая палатка и шлагбаум — турецкий пост.

Полина Андреевна оглянулась.

Сзади тащилась большая фура с эмблемой «S&G Ltd» на бортике, груженная рыхлой черной землей.

— Куда ты меня спрячешь? — уже в сотый раз спросила монахиня у таинственно молчаливого Салаха.

— Никуда. Повернись сюда.

Он достал из дорожной сумки лаковую коробочку.

— Что это?

— Подарок. Марусе купил. Три франк платил — отдашь.

Пелагия увидела в маленьких ячейках белила, помаду, пудру и еще что-то вязкое, черное.

— Не верти башка, — сказал Салах, придерживая ее рукой за подбородок.

Окунул палец и быстро намалевал Полине Андреевне что-то на щеках. Растер. Провел кисточкой по бровям, ресницам. Потом намазал помадой губы.

— Зачем?! — пролепетала оцепеневшая монашка.

Достала зеркальце и пришла в ужас. На нее смотрела чудовищно размалеванная физиономия: свекольные щеки, огромные брови вразлет, подведенные глаза, вульгарно сочный рот.

— Ты сошел с ума! Поворачивай назад! — крикнула Пелагия, но хантур уже подъезжал к шлагбауму.

— Молчи и улыбайся, всё время улыбайся и делай вот так. — Салах подвигал бровями вверх-вниз, глаза закатил под лоб. — Шире улыбайся, совсем шире, чтоб все зубы видно.

Бунтовать было поздно. Пелагия раздвинула губы, сколько было возможности.

Подошли двое солдат в линялых синих мундирах и офицер при сабле — не иначе, тот самый Саид-бей.

Он сердито ткнул пальцем на Пелагию, заругался. А на фуру с землей даже не посмотрел, та преспокойно проехала под качнувшимся кверху шлагбаумом.

Полина разобрала слово «кадын» — кажется, по-турецки это значит «женщина». Ну конечно, сейчас офицер завернет их обратно, и путешествию конец.

Салах брани не испугался, а сказал что-то, смеясь. Саид-бей посмотрел на Пелагию с любопытством, задал какой-то вопрос. В его голосе звучало явное сомнение.

Вдруг палестинец ухватил пассажирку за подол платья и потянул кверху. От ужаса Пелагия заулыбалась так, что шевельнулись уши.

Солдаты заржали, офицер тоже расхохотался, махнул рукой — ладно, проезжай.

— Что... что ты ему сказал? — боязливо спросила Пелагия, когда застава осталась позади

— Что ты мальчик, одетый как баба. Что *лути* купили тебя в Яффо. Юзбаши сначала не верил. Я говорю: «Не веришь — между ног ему смотри». И хочу тебе юбку поднять. Саид-бей не станет у мальчик между ног смотреть, а то солдаты думают, их юзбаши тоже *лути*.

— А... если бы все-таки посмотрел? — спросила бледная Пелагия.

Салах философски пожал плечами:

— Тогда плохо. Но он не посмотрел, застава мы проехали, с тебя еще двадцать пять франк.

Долг Полины Андреевны ее кучеру, проводнику и благодетелю со дня отъезда из Иерусалима увеличился до астрономических размеров. Деньги, выплаченные Фатиме, были только началом. К этой сумме Салах приплюсовал плату за страх, пережитый им во время черкесского приключения, потом стоимость проезда до Мертвого моря и отдельно от Бет-Кебира до Усдума. Были по пути и другие поборы, помельче. Пелагия уже сама не знала, каков общий итог, и начинала опасаться, что ей с этим вымогателем никогда не расплатиться.

Внезапно она заметила, что он разглядывает ее с каким-то странным, вроде бы даже взволнованным выражением лица.

— Что такое? — удивилась Полина Андреевна.

— Ты умная и храбрая, — с чувством сказал Салах. — Я сначала думал, какая некрасивая. Это потому что красные волосы и худая. Но красные волосы можно привыкнуть. И худая не будешь, если дома сидеть, много спать, хорошо кушать. А если пудра-помада мазать, ты почти красивая. Знаешь что?.. — Его голос дрогнул, глаза влажно блеснули. — Иди ко мне четвертая жена. Тогда можно долг не платить.

Это он делает мне предложение, поняла Пелагия и, к собственному удивлению, была польщена.

— Благодарю, — ответила она. — Мне приятно, что ты так говоришь. Но я не могу стать твоей женой. Во-первых, у меня есть Жених. А во-вторых, что скажет Фатима?

Второй довод, кажется, подействовал сильнее, чем первый. К тому же в процессе объяснения Полина Андреевна достала флягу и стала смывать с лица косметику, отчего ее красота, должно быть, померкла.

Салах вздохнул, щелкнул кнутом, и хантур покатил дальше.

Гора закончилась резким, почти вертикальным уступом, и из-за поворота безо всякого предупреждения вынырнул город.

Он лежал в небольшой котловине, с трех сторон окруженной холмами, и был невообразимо красив, словно перенесенный сюда из древней Эллады.

Не веря глазам, Полина Андреевна смотрела на украшенные статуями фронтоны, на стройные колоннады, мраморные фонтаны, красные черепичные крыши. Опоясанный цветущими садами, город словно покачивался в знойном струящемся воздухе.

Мираж! Мираж в пустыне, подумала восхищенная путешественница.

Подъехали к зеленой аллее, где лежали груды тучного чернозема. Там уже стояла давешняя фура, пока еще не разгруженная. Возница исчез — наверное, отправился за указаниями. Несколько арабов копали ямы для деревьев, поливали клумбы, стригли траву.

— Это настоящий элизиум, — прошептала Пелагия, вдыхая аромат цветов.

Спрыгнула на землю, встала за розовыми кустами, чтобы не привлекать к себе внимания, и всё не могла наглядеться на волшебное зрелище.

Когда первый восторг прошел, спросила:

— Но как же я попаду в город?

Салах пожал плечами:

— Не знаю. Я только обещал везти тебя через застава.

Танец Иродиады

Скользя по мраморному полу, она всё пыталась ухватить гаснущую мелодию.

Прам-пам-пам, прам-пам-пам, два раза покружиться, взметнув невесомым облаком газовый пеньюар, потом присесть в книксене и взлететь, воспарить, а руки — как лебединые крылья.

Раньше она танцевала под граммофон, но теперь механическая музыка стала ей уже не нужна. Божественные мелодии, которых не смог бы воспроизвести сам Паганини, зарождались у нее внутри. Жизнь их была коротка, не предназначена для повторения и оттого особенно прекрасна.

Но сегодня что-то мешало музыке, гасило ее, не позволяло волшебной силе развернуться.

Пара-пара-рам-па-пам, пара-пара-рам-па-пам... Нет, не так!

В благословенном оазисе, надежно укрытом от грубого мира, Иродиада открыла в себе два источника каждодневного наслаждения, два новых таланта, о которых прежде и не подозревала.

Первым был танец — не для домашних, не для гостей и уж тем более не для посторонних зрителей, а исключительно для самой себя.

Превратиться в гармонию, в грациозное движение. Ощутить, как тело, прежде такое непослушное, ржавое, скрипучее, делается легче пуха, пружинистей змеи. Кто бы мог подумать, что на пятом десятке, когда от собственной плоти, кажется, уже ничего нельзя ожидать кроме предательства и разочарований, только и начнешь сознавать, что за совершенный организм твое тело!

В доме тихо-тихо. Левушка и Саломея нежатся в спальне, они встанут ближе к вечеру, когда смягчится зной. Антиноша плавает в бассейне, его из воды артелью бурлаков не вытащишь.

Каждый день, в послеобеденный час, предоставленная сама себе, Иродиада танцевала перед зеркалом, в полной тишине. Электрический вентилятор гонял по атриуму волны ароматизированного воздуха. Танцовщица выделывала *pas* неописуемого изящества, по лицу ее сбегали капельки пота и тут же высыхали.

Полчаса абсолютного счастья, потом принять восхитительно холодный душ, выпить бокал смолистого вина со снегом, накинуть шелковый хитон — и на встречу со вторым наслаждением, в сады.

Но целиком отдаться движению сегодня никак не получалось, а в голове, которая должна быть полна одной лишь музыкой, вихлялась мышиным хвостиком какая-то смутная, тревожная мысль.

П'опадет, погаснет, послышался вдруг Иродиаде картавый голос, и она остановилась.

Ах вот оно что.

Вчерашний разговор.

Нелепого человека в перепоясанном синей веревкой рубище привезли в город Збышек и Рафек, двое сумасбродных варшавян. Они гоняли наперегонки в колесницах вдоль моря и подобрали на шоссе бродягу, рассмешившего их своим видом. Выяснив, что странник прибыл из России, повели к своим русским друзьям — показать.

Она была дома одна. Левушка заседал в Ареопаге, дети ушли на пляж.

Когда оборванец назвался Мануйлой, предводителем «найденышей», хозяйка развеселилась. Бедняге было невдомек, что по воле случая ей известно о смерти настоящего Мануйлы, которого убили, можно сказать, почти на ее глазах.

Иродиада не спешила с разоблачением, поджидала эффектного момента. Когда шалопаи-варшазяне повели бродягу смотреть город, Иродиада отправилась с ними.

Лже-Мануйла вертел головой во все стороны, беспрестанно ахал и удивлялся, сыпал вопросами. Збышек с Рафеком больше гоготали и валяли дурака, так что роль гида исполняла Иродиада.

А женщин вы что же, совсем не признаете, недоумевал самозванец.

— Признаем и уважаем, — отвечала она. — У нас на Западной площади есть Памятник жене Лота — нашли на берегу соляную колонну и заказали скульптору высечь из нее статую. Многие, правда, возражали против нагой женской фигуры, но большинство проявили терпимость. Мы ничего не имеем против женщин, только нам лучше без них, а им без нас.

Что же, и женский город тоже где-нибудь есть, просил «пророк».

— Пока нет, — объяснила Иродиада, — но скоро будет. Наш благодетель Джордж Сайрус намеревался купить для дев-женолюбиц землю на острове Лесбос, но греческое правительство не позволило. Тогда он придумал отстроить Гоморру — работы там уже начались. Мы будем дружить с нашими соседками, как дружат люди и дельфины. Однако стихия дельфина — море, а стихия человека — душа, и потом, зачем же человеку и дельфину совокупляться?

Забавный пройдоха восхищался красотой построек и техническими усовершенствованиями, которых в Содоме имелось неисчислимое множество: и электрический трамвай, ходивший от Акрополя до пляжа, и синематограф, и каток с искусственным льдом, и многое-многое другое.

Но больше всего фальшивого Мануйлу заинтересовали отношения между содомцами: есть ли у них семьи, или всяк живет сам по себе?

Иродиада, предвкушавшая миг разоблачения, вежливо ответила, что семей с детьми вроде ее собственной здесь очень мало. Некоторые живут парами, а большинство просто наслаждаются свободой и безопасностью.

Потом Рафек и Збышек стали звать в Лабиринт, особенное место, где молодежь в темноте творит всякие непристойности. Иродиада не пошла, она уже вышла из возраста, когда человека занимают плотские безобразия, — теперь больше ценила чувства. К ее удивлению, бродяга в Лабиринт тоже не захотел, сказал, что ничего нового в этих забавах нет, они были и у римлян, и у греков, и у вавилонян.

Так и получилось, что Иродиада осталась с ним вдвоем.

— Что, Божий человек, обрушит на нас Господь огнь и серу за эти прегрешения? — насмешливо спросила она, кивая в сторону Лабиринта, из которого доносились хохот и дикие вопли.

За это навряд ли, пожал плечами «пророк». Они ведь друг друга не насильничают. Пускай их, если им так радостней. Радость свята, это горе — зло.

— Ай да пророк! — развеселилась Иродиада. — Может, ты тоже из наших?

Как же он ответил-то?

Нет, сказал, я не из ваших. Мне вас жалко. Путь мужчины, любящего мужчин, печален и ведет к отчаянию, потому что бесплоден.

Он какими-то другими словами это сказал, менее складно, но смысл был именно такой, и Иродиада от неожиданности вздрогнула. По инерции попробовала пошутить:

— Бесплоден — оттого что у нас не может произойти детей?

А он серьезно так: и от этого тоже. Но не только. Мужчина — черная половинка души, женщина — белая. Знаешь, от чего возникает новая душа? Оттого, что из Божьего огня высекается маленькая искорка. А высекается она, когда две половинки души, белая и черная, тычутся друг в друга, пытаются понять, одно они целое или нет. Вам же, бедным, своей половины никогда не сыскать, потому что черное с черным не соединяется. Пропадет твоя полудуша, угаснет. Тяжкая это доля — вечное одиночество. Сколько ни тычьтесь друг в друга, искры не будет. Вот в чем беда-то: не в блуде тела, а в заблуждении души.

Иродиада и забыла, что собиралась посмеяться над самозванцем. Какая, в сущности, разница, кто он таков на самом деле? Бродяга заговорил о том, что она чувствовала и сама, только не знала, как обозначить.

Стала возражать.

Разумеется, дело совсем не в телесном. Когда дурман запретности растаял и стало не нужно прятаться от общества, обнаружилось, что не так уж ей и нужны страстные соития с любимым. Важнее нежность, защищенность, каких никогда не познаешь с женщиной, потому что женщины другие. А тут не надо прикидываться, тебя понимают с полуслова, даже и вовсе без слов — вот что важно. Мы вместе, мы одинаковые. Никакого столкновения противоположностей, никакого раздира. Блаженство и покой.

Втолковывала всё это чужому человеку, волнуясь и горячась, — вот как зацепили Иродиаду его речи.

Тот слушал-слушал, потом грустно покачал головой и говорит: а искры все равно не будет. Нет искры — нет и Бога.

Вчера Иродиада с ним не соглашалась, стояла на своем, а сегодня, когда лже-Мануйлы рядом уже не было, оброненные им слова — «вечное одиночество», «заблуждение души» — вдруг выплыли из памяти и прогнали музыку.

Что-то Левушка всё больше времени проводит с Саломеей.

Нет, это не ревность, а то самое, о чем говорил странник: страх одиночества. И Антиной дома почти не бывает — у него новые увлечения, новые друзья. Возможно, они ему не только друзья...

А ведь всего месяц, как приехали сюда, в мужской рай. Говорят, семьи в Содоме долго не держатся. И что тогда останется?

Не так мало, подбодрила себя Иродиада. Останутся танцы и сады.

Кстати, о садах.

Подошло время проведать пионы и мушмулу. Да и к розам заглянуть — не переусердствовал ли Джемаль с поливкой.

Иродиада прогнала печальные мысли прочь. Надела невесомый хитон, обвязала волосы голубой лентой.

Солнце еще палило вовсю, но с Аваримских гор уже веяло ветерком, обещавшим вечернюю прохладу.

Прошла тенистой улочкой к Западным воротам, приветливо кивая встречным, а с некоторыми и целуясь.

Все мысли теперь были только о саде.

Перед вечерней зарей нужно будет разрыхлить клумбы, чтобы рассада подышала. Завтра из Хайфы должны доставить земляных червей. Тогда можно будет всерьез взяться за персиковую аллею. Через год-другой в Содоме будут такие сады, каких этот злосчастный край не видал и во времена Лота.

Вот чему надо было посвятить жизнь! Не гимназистов латыни учить, а сады и цветники выращивать. В России растениям благодать. Там и воды сколько пожелаешь, и земля живая, не то что здесь.

Впрочем, такого чернозема, какой доставляют сюда фурами, не найти и в России. Особой пропитки, больших денег стоит. Слава Богу, у мистера Сайруса денег много.

За городской стеной походка Иродиады стала энергичной, деловитой. Позабыв о жаре, она обошла деревья, кусты, клумбы. Пожурила старшего садовника — так и есть, он поливал розовые кусты равномерно, а с восточной стороны, куда по ночам дует бриз, нужно бы поменьше. Джемаль слушал внимательно — знал, что у старого *лути* особый дар от Аллаха понимать жизнь растений, и относился к этому таланту с почтением.

В университете среди прочих ненужных премудростей Иродиада изучала и древнееврейский, поэтому арабский язык ей давался на удивление легко. Уже на второй неделе совместной работы они с Джемалем отлично понимали друг друга.

— Это что такое? — недовольно показала Иродиада на повозку с черноземом. — Где возница? Почему не разгрузил?

— Там женщина, — сказал Джемаль, показывая на крайний из розовых кустов. — Как проехала, неизвестно. Садык отправился сказать караульному.

Поклонился и пошел поливать клумбы.

Иродиада обернулась. За кустом в самом деле кто-то прятался.

Подошла ближе — действительно, женщина. Издалека видно, что не ряженка, а натуралка. Не столько даже по фигуре, сколько по наклону головы, по чуть отставленной в сторону руке. Это не подделаешь, сколько ни старайся.

Надо ей сказать, чтоб уезжала подобру-поздорову. Начальник службы безопасности — бывший британский полковник, с ним шутки плохи. Сдаст нарушительницу турецкому караулу, да еще оштрафует Саид-бея за нерадивость, а тот выместит злобу на любопытной дурехе, у азиатов ведь джентльменство не в заводе.

Яков Михайлович подслушивает

И не думалось, и не гадалось, что так ловко получится, с фурой-то. Повезло — оказался в нужном месте, в нужное время.

А сначала клял себя, что перемудрил — когда, можно сказать, заживо в сырую землю лег. Пока тащились по шоссе, проклял все на свете. Жарко, червяки под одежду лезут. Один, стервец, даже в ноздрю прополз — чудо, что не расчихался.

Дышал через камышинку, просунув ее сквозь чернозем. Потом и смотреть приладился. Был у Якова Михайловича при себе глиняный кувшин с длинным горлышком, воду пить. Содержимое малопомалу вылакал (заодно и земли-матушки накушался), а сосуду придумал полезное применение. Горлышко у основания переломил пальцами — получилась трубка. Высунул ее наружу, обрел зрение. Кувшин земляного цвета, так что снаружи горлышко и с двух шагов не разглядишь. По правде сказать, не ахти какие обзоры открывались через сию малую дырку, но лучше, чем вовсе безглазым быть. Повернешь туда, сюда — вроде как через подзорную трубу смотришь. Или как через оптическую палку на субмарине, перископ называется.

Про везение стало ясно, когда фура уже прибыла, куда ей положено, и остановилась. Тут обнаружилось, что Рыжуха, за которой Яков Михайлович всю дорогу через свой перископ приглядывал, топчется здесь же, рядышком. Вылезла из своей таратайки, встала за розовым кустом, а от того куста до яковмихайлычева наблюдательного пункта рукой подать.

Монашка повздыхала, попричитала, как же ей теперь в город попасть. Ее арап (Салахом звать) сочувствия никакого не выразил.

Мальчишкой надо было одеться, коза ты безмозглая, мысленно укорил Рыжуху тайный созерцатель. Еще и теперь, может, не поздно, соображай.

Но та всё переминалась с ноги на ногу да вздыхала.

Он, однако, за нее не волновался. Знал по опыту — никакая она не безмозглая и что-нибудь обязательно придумает, от своего не отступится. Верный был расчет, на рыжую ставить. Не дураки придумали.

Немножко тревожился он из-за другого — не улизнула бы снова, как в прежние разы. Очень уж шустра и непредсказуема. Не всё ж Господу Богу ради Якова Михайловича на чудеса расщедриваться.

Вдруг шаги. И голос — высокий, с подвзвизгом, полубабий-полумужской:

— Madame, vous n'avez pas le droit de rester ici*. — И потом по-русски, удивленно. — Вы?!

Яков Михайлович развернул свою подзорную трубу в направлении странного голоса. Увидел в кружочке немолодую накрашенную бабу в парике, легком платьишке и сандалиях (что-то ступни широковаты). Понятно: ряженый бабой содомит.

Монашка обрадовалась старому педерасту, как родной маме.

— Ах, какая удача, что я вас встретила! Здравствуйте, милая Ираида!

— Иродиада, — поправил баба-мужик и тоже всплеснул руками, затараторил. — Откуда вы взялись, милая? И почему не в рясе? Что вы здесь делаете?

Рыжуха ответила не сразу, и Яков Михайлович перевел трубку на нее. Она морщила лоб, словно не могла решить, правду говорить или наврать что-нибудь.

Сказала правду.

— Понимаете... Мне очень нужно найти одного человека.

— Кого?

— Это довольно странный человек. Необычно одевается, необычно говорит... В Бет-Кериме сказали, что он был там вчера утром и двинулся в сторону Содома. Обратно не возвращался. Вот я и поду-

---

* Мадам, вам нельзя здесь находиться *(фр.)*.

мала, что он, должно быть, остался здесь... Такой тощий, с всклокоченной бородой, в белой хламиде с синим поясом...

— Мануйла? Вам нужен человек, который называет себя Мануйлой? — изменившимся голосом произнес извращенец.

— Да! Вы видели его? Скажите, видели? Мне необходимо с ним поговорить! Если бы вы вызвали его сюда...

— Его нет.

— Как?! — ахнула монашка. — Что вы с ним сделали?

Яков Михайлович поскорей нацелился в ряженого, увидел, как тот машет рукой в сторону моря.

— Он уплыл на катере в Аин-Джиди. Еще на рассвете, пока не начало печь.

— Слава Богу! — почему-то воскликнула монашка. — Аин-Джиди — это оазис к северу от Бет-Керима? Мы там проезжали.

— Да, оттуда идет дорога на Иерусалим.

— Так он направляется в Иерусалим?

Педераст развел руками:

— Понятия не имею... Он говорил про какой-то сад.

— Ради Бога, вспомните! — вскричала монашка. — Это очень важно!

Яков Михайлович тоже весь обратился в слух — даже трубку приставил не к глазу, а к уху.

Иродиада неуверенно протянул:

— Кажется, он сказал так: «В ночь на пятницу мне обязательно нужно быть в одном саду».

Ну же, ну же, мысленно подбодрил его Яков Михайлович. Давай, вспоминай.

— Вот и всё. Больше он ничего про это не говорил.

— Ах! — воскликнула рыжая.

Наблюдатель поскорей приставил кувшинное горлышко к глазу. Монашка прикрыла рот ладонью, брови выползли чуть не на середину лба.

Удивилась чему-то? Или что-то смекнула?

Что за сад, Яков Михайлович, само собой, знать не мог, но это было не важно. Главное, что ты, золотце мое, поняла, прошептал он Рыжухе и сплюнул прилипшего к губе червяка.

Ночь на пятницу — это завтра или послезавтра? Со всеми этими палестинскими блужданиями дни недели в голове перепутались.

И, похоже, не только у него.

— Сегодня у нас что? Среда? — спросила монашка.

— Не знаю, милая, мы здесь живем по античному календарю. Сегодня день Луны, завтра будет день Марса, послезавтра...

— Да-да, среда! — перебила его рыжая. — Скажите, нельзя ли и мне воспользоваться вашим катером?

— Что вы! Вам нужно побыстрей уносить ноги, иначе вас арестуют. Уже побежали за стражей. Это частное владение, очень строго охраняемое.

— Сколько отсюда до Иерусалима? — не слушала его монашка.

— Право, не знаю. Верст сто-полтораста.

— Салах, завтра к вечеру довезешь?

— Кони испорчу, — проворчал арап. — Неделю работать не будут.

— Сколько стоит неделя твоей работы?

— Двести франк.

— Разбойник!

— Если для жена, бесплатно, — непонятно ответил арап.

— Ладно. Поехали!

— Что ладно? — спросил Салах. — Двести франк ладно или жена ладно?

— Там видно будет! Поехали!

И монашка выбежала из зоны обзора. Полминуты спустя донесся стук копыт, скрип колес. Покатили в Иерусалим.

Пора было выбираться из чертовой телеги. Охохо, полтораста верст на своих двоих, да через пустыню... Ничего, сдюжим.

Опять же можно в Бет-Кериме приобрести двуколку. С парусиновым верхом, навроде тента. И парочку этих самых тентов про запас прихватить, разного цвета. Время от времени менять один на другой, чтоб не заметили слежку.

Ну давай уже, уходи, поторопил Яков Михайлович педераста.

А тот как назло медлил.

Еще через пару минут застучали сапоги, зазвякали сабли. Это прибежали двое турецких солдат и с ним возница фуры, что доставила в Содом Якова Михайловича — зайцем.

Загалдели что-то по-своему. Содомит им ответил с запинкой, успокоительным тоном. Не иначе, наврал, что не было тут никакой бабы, потому что один из солдат размахнулся и отвесил вознице оплеуху, да еще заругался. По-ихнему Яков Михайлович, конечно, не понимал, но догадаться было нетрудно: ах, мол, такой-рассякой шайтан, врешь невесть что, бегай из-за тебя по жаре.

Солдаты ушли, всхлипывающий арап тоже, а чертов содомит всё торчал возле куста. Зачем-то трогал цветы и листья, сокрушенно качал головой.

Ну же, черт тебя дери, время дорого!

От нетерпения Яков Михайлович шевельнулся, из фуры просыпалась земля.

Баба-мужик озадаченно оглянулся на повозку — показалось, что смотрит прямо в трубку, в самый глаз Якову Михайловичу.

Тот мысленно предупредил, по-хорошему: отвернись, болван. Целее будешь.

Нет, подошел.

Встал так близко, что в дырку можно было рассмотреть лишь полбюста (ишь, ваты-то напихал) и руку с гладко выбритыми волосками.

Лысая рука раскрыла ладонь, вовсе заслонившую обзор.

— Это что за тряпка? — раздалось бормотание, и в следующую секунду Якова Михайловича дернули за рукав.

Ну, пеняй на себя.

Он ухватил дурня за запястье, резко выпрямился.

Увидев, как из земли поднимается черный человек, старый извращенец выпучил глаза. Потом закатил их кверху и мягко повалился.

В самом деле, как баба. В обморок бухнулся.

Яков Михайлович наклонился над недвижным телом, соображая.

Переломить шейный позвонок, да сунуть труп вон в ту большую кучу земли. День кончается, раньше завтрашнего утра ее не разроют, утром же мы будем далеко, на полпути к Иерусалиму.

А вдруг все-таки разроют? Вон у них на башне гелиограф установлен. Дадут сигнал на заставу.

Зачем рисковать?

Яков Михайлович попрыгал, стряхивая налипшие комья. Аккуратно подобрал их, ссыпал обратно в фуру. Потом восстановил очертания земляного конуса, пригладил ладонями. Большим скачком, без разбега, сиганул на газон, чтоб не оставить в пыли следов.

Оглянулся.

Содомит по-прежнему лежал кулем.

Ладно, пускай живет.

Что он скажет? Что из-под земли вылез черный человек, а потом бесследно исчез? Да кто ему поверит? Он и сам себе не поверит. Решит, что на солнце перегрелся.

Яков Михайлович подтянул шальвары и пружинистой, мускулистой побежкой затрусил по дороге вдогонку за садящимся солнцем.

Для ритмичности дыхания приговаривал:

— Ать-два, ать-два, что-за-сад, что-за сад, ать-два, ать-два, что-за-сад, что-за-сад...

Глотнул ртом вместо воздуха горячей пыли. Заплевался.

Ох, треклятая сторонка.

Ничего, завтра вечером, похоже, конец.

XIV

ЭТЮД БЕРДИЧЕВСКОГО

Старый знакомый

«Дсс Долинин, чл. Совета Мин. вн. дел» — вот что было написано неровным, трудночитаемым почерком в графе «посетитель».

— Действительный статский советник Долинин? — пробормотал Матвей Бердичевский, ероша свою золотисто-красноватую шевелюру. — Долинин?!

— Так точно, — подтвердил надзиратель. — Их превосходительство был у нас с инспекцией. Удостоил беседой. Говорил, что надобно тюрьмы разделить: для подследственных одну, для закоренелых преступников другую, для мелких нарушителей третью. Составом арестантов изволил интересоваться. Ну, я ему и расскажи про жандармского офицера, грозу разбойников и нигилистов. Мол, вот до чего доводит невоздержанность в привычках. Их превосходительство пожелал самолично взглянуть

Изволил разговаривать с господином Рацевичем, не менее часа.

Не надо больше никаких версий, со всей определенностью понял Бердичевский. Всё сходится, одно к одному, хоть еще не вполне ясно, каким именно образом.

Покинув тюрьму, долго шагал по улицам, не видя ничего вокруг. Сумбур постепенно прояснялся, факты выстраивались в стройную цепочку.

Помедленней, помедленней, то и дело одергивал себя прокурор. Без скороспелых умозаключений, одну голую последовательность событий.

Голая последовательность выходила такая.

Полгода назад несостоятельного должника Рацевича навещает «очень значительное лицо» — судя по всему, без предварительного намерения, случайно. Или не вполне случайно? Нет-нет, предположения оставим на после.

Чиновного инспектора и реформатора следственно-дознательной системы чем-то заинтересовал изгой с навыками волкодава. Чем именно? Может быть, Долинин тоже мужеложец? Однако вряд ли зник сразу же стал бы признаваться важному петербургскому чиновнику в своих пристрастиях. Маловероятно. Даже совсем невероятно.

Но факт несомненен: заинтересовал.

Настолько, что три дня спустя из «Русского торгово-промышленного и коммерческого банка», главная контора которого, между прочим, находится в анкт-Петербурге, поступает сумма, покрывающая всю сумму долга. Рацевич выходит на свободу и вскоре исчезает из Житомира — навсегда.

Вопросы: зачем Долинин это сделал и откуда у него столько денег? Пелагия рассказывала, что он не из аристократов, выбился наверх за счет таланта. Раз так, большому богатству взяться у него неоткуда.

Факты, только факты, вновь напомнил себе Бердичевский.

Хорошо-с. Пять месяцев после освобождения Рацевича — пробел. О местопребывании и занятиях лихого жандарма в этот период мы ничего не знаем. Но известно, что вечером 1 апреля он оказывается на пароходе «Севрюга» и убивает крестьянина Шелухина, приняв его за «пророка» Мануйлу.

В ту же ночь на пароход является Долинин, по совпадению оказавшийся в ближайшем уездном городе с очередной инспекцией. Примечательное совпадение, особенно если вспомнить житомирское рандеву в тюрьме.

Действительный статский советник самолично возглавляет дознание, убийца же таинственным образом с корабля исчезает. А кто, спрашивается, руководил поисками? Он же, Долинин. Матвей Бенционович вспомнил рассказ Пелагии: в каюту мнимого господина Остролыженского следователь наведался сам, после чего сообщил, что она пуста, велел выставить перед дверью караул, не входить и никого не пускать. Уж не сидел ли житомирский знакомец хитроумного следователя внутри? И очень просто. А потом Долинин его потихоньку выпустил на берег — при смене караула или еще как-нибудь. Для начальника расследования, которому все подчиняются и все доверяют, дело нетрудное.

Что было дальше?

Большой человек из Петербурга непременно пожелал лично отправиться в отдаленную деревню, сопровождая труп какого-то проходимца. Как странно! То есть тогда сестре Пелагии и всем прочим участникам дознания показалось, что следователь соскучился на бюрократической работе, да и вообще, будучи человеком добросовестным, привык любое дело доводить до конца. А между тем следом за экспедицией отправился убийца, связанный с Долининым некими непонятными узами. Не исключено, что, пока плыли на барже, Рацевич прятался прямо там же, в трюме. Потом двигался своим ходом через лес, всё время держась поблизости. Когда Пелагия по случайности наткнулась на соглядатая, Долинин заморочил ей голову разговором о нечистой силе, и так ловко это проделал, что многоумная монахиня ничего не заподозрила.

Дальше самое существенное.

Установив личность убитого, Долинин уехал, но Рацевич за ним не последовал, остался.

Зачем?

Ясно: чтобы умертвить Пелагию. Но почему он не сделал этого раньше — хотя бы при той самой встрече в лесу?

Немного подумав, Матвей Бердичевский нашел ответ и на этот вопрос.

А потому что раньше приказа не было. Значит, приказ убить монашку поступил лишь после того, как уехал следователь.

От кого?

Разумеется, от Долинина, больше не от кого.

Бердичевский уже забыл, что оставил умозаключения на потом, и вовсю предался гипотезированию — впрочем, отнюдь не безосновательному.

Может быть, следователь хотел, чтобы Пелагию убили, когда его, Долинина, не будет рядом? Для обеспечения алиби, а возможно, и из-за чувствительности — не хотел этого видеть.

А еще вероятнее другое. Должно быть, в Строгановке Пелагия что-то такое сделала или сказала, отчего Долинин понял: она близка к разгадке пароходного убийства. Вероятнее всего, следователь для того и позвал ее с собой в экспедицию, чтобы по дороге определить, насколько она опасна. И вот определил: опасна, в живых оставлять нельзя.

Кстати, в ходе дедукции сам собой явился ответ и на первый из отложенных вопросов. Изгой с навыками волкодава понадобился господину Долинину именно потому, что он, во-первых, изгой, а во-вторых, волкодав, то есть мастер по тайным делам. А гомосексуализм тут скорее всего ни при чем. Очень может быть, что петербуржец так и не узнал об этом обстоятельстве. Да и так ли оно существенно?

Теперь другой вопрос из неотвеченных: случайно ли Долинин попал в одиннадцатую «дворянскую» камеру губернской тюрьмы? Что, если в своих инспекционных поездках по империи он нарочно присматривал людей, которые могут быть полезны для его пока еще не установленных целей? Это было предположение, всего лишь предположение, но весьма и весьма правдоподобное.

В мозгу Матвея Бенционовича словно прорвало плотину: мысли, догадки и озарения хлынули таким потоком, что прокурор начинал захлебываться в этом половодье.

А впереди уже виднелась новая преграда, покрепче первой, и там кипела, пенилась бурливая вода.

Что такое действительный статский советник Долинин?

Бердичевский стал вспоминать всё, что ему было известно об этом человеке от Пелагии и из иных источников.

Много лет Долинин служил следователем по уголовным делам. Была семейная драма — ушла жена. Пелагия рассказывала про это сочувственно, видно, знала какие-то подробности, но Матвея Бенционовича в них не посвятила. Сообщила лишь, что брошеный муж от горя был на грани отчаяния, но ему встретился какой-то мудрый, добрый человек и обернул к Богу, избавил от саморазрушительных мыслей. Тут у Долинина как раз случился и прорыв в карьере — взлетел высоко и счастливо забылся, погрузившись в большое государственное дело.

Так-так. Всё здесь вызывало вопросы.

Во-первых, что за мудрец спас мятущуюся душу следователя?

Во-вторых, ничего себе «спас душу» — стал вербовать профессиональных убийц.

В-третьих, случайность ли, что «просветление» Долинина и его карьерный взлет совпали по времени?

Наконец, четвертое и самое главное: что движет Долининым? Или *кто*? И какова цель этого движения?

Голова шла кругом. Но ясно было одно — в Житомире больше делать нечего. Как сказал принц Гамлет, есть магнит попритягательней.

Американский шпион

Матвей Бенционович сошел с поезда на Царскосельском вокзале и первым делом отправился на Главный петербургский почтамт — нет ли весточки от преосвященного. Из Житомира прокурор послал владыке краткий отчет о случившемся, не вдаваясь, однако, в подробности — не по телеграфу же. Про Долинина, к примеру, объяснить не решился. Сообщил лишь, что нить «известного вашему преосвященству дела» тянется в столицу империи.

Письма из Заволжска не было, зато статского советника дожидался денежный перевод на пятьсот рублей, а в сопроводительном бланке приписка: «Храни тебя Господь».

Ай да преосвященный. Никаких излишностей, только то, что Бердичевскому сейчас было необходимей всего: деньги и благословение.

От соученика по университету, ныне служившего в Министерстве внутренних дел, прокурор узнал, что Сергей Сергеевич Долинин нынче вечером возвращается из инспекционной поездки в нижневолжские губернии и завтра ожидается в присутствии. Это было очень кстати. Вот и посмотрим, кого он посетит сразу после приезда, решил Матвей Бенционович. Наведался на Николаевский вокзал, узнал из расписания, что поезд прибывает в половине двенадцатого ночи.

Получалось, что свободен почти весь день.

Студентом Бердичевский провел в Петербурге несколько лет и неплохо знал этот красивый, холодный город. С точки зрения провинциала, столицу сильно портило обилие казенных построек — их желто-белая гамма сбивала и заглушала истинный цвет города, серый и голубой. Если б убрать отсюда министерства и присутствия, размышлял Матвей Бенционович, Питер и помягчел бы, и помилел, сделался бы уютнее для жителей. И потом, что это за место для столицы — на самом краешке гигантской империи? Вот Россию от этого флюса и перекашивает на сторону. На восток бы перевести вместилище власти, да не в Москву, которая и так не пропадет, а куда-нибудь в Уфу или Екатеринбург. Глядишь, государственный корабль и выровнялся бы, перестал бортами зачерпывать воду.

Впрочем, нельзя сказать, чтобы Матвей Бенционович предавался подобным монументальным думам во все время своей прогулки.

Середину дня он провел в Гостином дворе, выбирая подарки жене и детям. На это ушло несколько часов, потому что дело было хлопотное, ответственное. Не дай Бог забыть, что Анечка не терпит зеленого, Ванюша признает только игрушечные паровозы, у Машеньки чихание от шерстяных тканей, и прочее, и прочее.

Покончив с этим приятным, но утомительным занятием, прокурор устроил себе маленький праздник: прошелся по лавкам, воображая, какой бы гостинец он купил Пелагии, если бы она была не монахиня и если бы их отношения позволяли ему преподносить ей подарки. Несбыточные мечты повлекли статского советника в парфюмерный ряд, оттуда заставили повернуть в галантерейный, и опомнился он лишь в отделе кружевного dessous. Вспыхнул до корней волос и поскорей вышел на улицу, остудиться сырым балтийским ветром.

День клонился к вечеру. Пора было подготовиться к приезду Долинина.

Согласно адресной книге, господин член министерского совета проживал в доме Шольца по Загородному проспекту. Матвей Бенционович посмотрел на здание (обычный доходный дом в четыре этажа, квартира генерала на втором), определил окна.

Снял комнату в номерах «Гельсингфорс», расположенных очень удобно — почти напротив.

А тут потихоньку и стемнело. Скоро ехать на Николаевский вокзал.

* * *

С извозчиком Бердичевскому исключительно повезло. Номер 48-36 оказался парнем молодым, понятливым. Когда уяснил, что от него требуется, глаза так и загорелись, даже забыл о цене поторговаться.

Московский поезд прибыл вовремя. С Долининым прокурор в Заволжске виделся и даже разговаривал, потому глаза мозолить не стал, подождал за газетным киоском, пока Сергей Сергеевич пройдет мимо, и пристроился сзади.

Никто действительного статского не встречал — увы. А Бердичевскому рисовалась какая-нибудь таинственная карета и еще рука, которая приоткроет дверцу навстречу инспектору. Не просто рука, а с каким-нибудь особенным перстнем и непременно в мундирном рукаве с золотым шитьем.

Ничего этого не было, ни руки, ни кареты. Долинин скромненько взял извозчика, пристроил рядом свой неказистый саквояж, да и поехал себе.

Номеру 48-36 объяснять второй раз не понадобилось — он взял с места еще до того, как к нему подбежал Бердичевский. Прокурор вскочил на ходу и только шепнул: «Не жмись к нему, не жмись».

Извозчик соблюдал идеальную дистанцию, шагов этак в сто, пропускал вперед себя два-три экипажа, но не больше, чтоб не слишком заслоняли.

На Невский коляска с Долининым не поехала, свернула на Лиговскую улицу. Похоже, домой, разочаровался Матвей Бенционович. Так и есть — повернул на Звенигородскую.

У дома Шольца пришлось какое-то время подождать.

В окнах долининской квартиры сначала загорелся свет, потом погас — остался только в одном. Готовится ко сну, пишет отчет? Или переодевается, чтобы отправиться куда-нибудь среди ночи?

Прокурор не знал, как быть. Торчать, что ли, здесь до утра?

Ну, по крайней мере до тех пор, пока горит свет. Вдруг Долинин ждет позднего посетителя?

Но свет в последнем окне погорел сорок две минуты и потух.

Кажется, всё же улеглась.

— Это кто, шпиён? — вполголоса спросил извозчик.

Бердичевский рассеянно кивнул, прикидывая, не устроиться ли на ночлег прямо в коляске.

— Мериканской? — допытывался 48-36.

— Почему американский? — удивился прокурор.

Парень только шмыгнул носом. Черт знает, что у него делалось в голове и почему он назначил предполагаемому врагу отечества столь экзотическое подданство.

— Нет, австро-венгерский, — назвал Матвей Бенционович более правдоподобную страну.

Извозчик кивнул.

— Ваше благородие, а желаете, я тут за окошками покараулю? Хоть до утра. Мы привычные, не проспим. А чего? Овес у меня в торбе есть. И возьму недорого. Три рублика. Два с полтинничком, а?

Было видно, что ему ужасно хочется покарау- лить австрийского шпиона. Главное, идея была очень даже недурна. Да и цена божеская.

— Ладно. Я буду вон в тех номерах. Видишь окно? Угловое, на первом этаже? Если он куда или к нему кто, даже если просто вдруг зажжется свет — сразу дай мне знать. — Бердичевский задумался. — Только вот как?

— Свистну, — предложил 48-36. — Я по-осо- бенному умею, как Соловей-разбойник.

Сложил пальцы колечком и оглушительно сви- стнул — аж лошади присели, из двери «Гельсинг- форса» высунулся швейцар, а с двух сторон отклик- нулись дальние свистки городовых.

— Нет, свистеть не надо, — сказал прокурор, вжимаясь в сиденье и испуганно глядя на долинин- ские окна — не дрогнет ли штора. — Ты лучше подбеги и камешек брось.

Лег в кровать не раздеваясь и не разуваясь. От- хлебнул купленного в Гостином дворе мозельского — из горлышка, но немного. Не хватало еще в зрелом возрасте втянуться в пьянство.

Лежал, закинув руку за голову. Время от вре- мени прикладывался к бутылке. Думал то о Маше, то о Пелагии. Обе женщины, совершенно друг на друга не похожие, непонятным образом сливались в одно существо, от нежности к которому у Матвея Бенционовича на глазах выступили слезы.

* * *

Проснулся Бердичевский от прозрачного, неземного звука и не сразу сообразил, что это такое. Лишь когда в окно ударил второй камешек — и сильно, так что стекло треснуло, — прокурор заполошно вскочил и спросонья заметался по комнате.

В номере было светло. Утро.

Матвей Бенционович рванул раму, высунулся.

У тротуара ждала пролетка.

— Скорей, барин, скорей! — махнул рукой 48-36. — Сигайте, не то уйдет!

Статский советник так и поступил — схватил сюртук и шляпу, да и «сиганул» прямо через подоконник. Отшиб ноги, зато сразу проснулся.

— Где? — выдохнул он.

— За угол повернул! — Извозчик хлестнул лошадь. — Ничего, враз догоним!

Бердичевский выдернул из кармана часы. Половина восьмого. Что-то рановато Сергей Сергеевич на службу собрался.

Сон как рукой сняло, в груди прокурора восхитительно запузырился азарт погони.

— Вон она! — показал 48-36.

Впереди катила закрытая черная карета казенного вида из тех, что обыкновенно возят на службу чиновников генеральского звания.

Она повернула на Забалканский, немного проехала по набережной, но поворот на Измайловский проспект миновала.

Ага, не на службу! Канцелярия министерства-го на Морской!

— Ночью что? — отрывисто спросил Бердичевский.

— Ничего, ваше благородие. Я ни минуточки не спал, вы не думайте.

— На-ка.

Сунул не два с полтиной и даже не три, а четыре, за усердие. Но извозчик не посмотрел, сколько дают, — просто положил деньги в карман. Тебе бы, братец, в сыскное, подумал Матвей Бенционович. Отличный бы агент получился.

Карета проехала по набережной Фонтанки, через мост выкатила на Екатерингофский и вскоре остановилась около дома с большими окнами.

— Что это?

— Гимназия, ваше благородие.

А Матвей Бенционович уже и сам узнал. Точно, гимназия. Кажется, пятая мужская. Что Долинину может там быть нужно?

Сергей Сергеевич из экипажа не вышел, да еще шторки задвинул.

Любопытно.

Ничего примечательного около гимназии не происходило. Высокая дверь то и дело открывалась, впуская учеников и преподавателей. Служитель снял фуражку и низко поклонился, приветствуя какого-то надутого господина — директора или, может, инспектора.

Один раз Бердичевскому показалось, что занавеска чуть дрогнула, но через полминуты была задернута обратно, а еще секунду спустя экипаж тронулся с места.

Что за оказия? Зачем Долинин приехал сюда в такую рань? Не на детей же смотреть?

Именно что на детей, сообразил вдруг Матвей Бенционович. Вернее, на одного из них. Пелагия говорила, что жена при разводе забрала у Сергея Сергеевича сына.

Ровным счетом ничего таинственного. Родитель был в отъезде, соскучился. Сам сыну на глаза не показывается — то ли обещание такое дал, то ли от гордости, а может быть, не хочет терзать мальчика, привыкающего к новому отцу.

Казалось бы, ничего особенного, обычный человеческий поступок, но Бердичевский был озадачен. Как-то не ожидаешь обычных человеческих поступков от злодея, который нанимает убийц и проливает невинную кровь.

Или Долинин никакой не злодей?

Вроде бы не восемнадцать лет было прокурору, жизнь и служба могли бы научить, что не все злодеи так черны, как граф Чарнокуцкий, а все же Матвей Бенционович пришел в смущение — никак не предполагал, что в изверге, задумавшем погубить Пелагию, может быть что-то человеческое.

«Что ж, и гадюка любит своих гаденышей», — пробормотал статский советник, изгоняя неуместное сомнение.

Город окончательно пробудился. Улица наполнилась экипажами, по тротуарам деловито вышагивала непраздная утренняя толпа.

Дистанцию до объекта слежки пришлось сократить, иначе можно было и отстать.

Перед Мариинским дворцом именно это и произошло. Полицейский регулировщик махнул рукой, остановив движение, и черная карета укатила в сторону конного памятника Николаю Первому, а Бердичевский застрял на мосту. Он уж хотел броситься вдогонку бегом, но это привлекло бы внимание: приличный господин неюных лет несется по мостовой, придерживая шляпу.

Извозчик привстал на козлах, а потом и вовсе влез с ногами на сиденье.

— Что, на Морскую повернул? — нетерпеливо спросил прокурор.

— Нет, прямо покатил, к Исаакию!

Опять не на службу, не в министерство!

Наконец движение восстановилось.

48-36 стегнул лошадь, ловко обошел фиакр, срезал нос четырехконной маршрутке и через минуту уже грохотал по Сенатской площади.

Вдруг натянул поводья, затпрукал.

— Ты что?!

Парень мотнул головой в сторону. Навстречу неспешно ехала знакомая черная карета. Занавеска на окошке отодвинута. Внутри никого.

Сошел! Но где?

Справа — площадь и памятник Петру. Впереди — Нева. Высадить седока на Английской набережной и вернуться обратно карета не успела бы.

Значит, Долинин вошел в одно из массивных присутствий, расположенных слева, между бульваром и набережной: или в Правительствующий Сенат, или в Святейший Синод. Скорее всего в Сенат, высший судебный орган империи. Что следователю делать в Синоде?

— Ваше благородие, куда теперь? — спросил извозчик.

— Жди вон там, — показал Бердичевский на решетку сквера.

К кому в Сенате отправился Долинин, едва вернувшись из служебной поездки? Человек, которого он навестил раньше, чем собственное начальство, наверняка является во всей этой зловещей конспирации ключевой фигурой.

Вот что нужно сделать! Подойти к дежурному чиновнику, что ведет запись посетителей, и сказать: «К вам должен пожаловать действительный статский советник Долинин из Министерства внутренних дел. Он забыл важные бумаги, я его подожду, чтобы передать». Чиновник скажет: «Его превосходительство уже прибыл, он у такого-то». А если сам не скажет, к кому отправился Долинин, так можно и спросить. Нахально, конечно, но зато сразу всё выяснится.

Или лучше обождать и продолжить слежку?

Из мучительных колебаний прокурора вывело чье-то деликатное покашливание.

Вздрогнув, Матвей Бенционович обернулся. Рядом стоял важного вида швейцар — в треугольной шляпе, мундире с галунами и белых чулках. Просто не швейцар, а фельдмаршал. Разглядывая здание Сената, Бердичевский и не заметил, как этот истукан к нему приблизился.

— Ваше высокородие, вас просят пожаловать, — сказал швейцарский фельдмаршал почтительно, но в то же время и строго, как умеют говорить только служители, состоящие при самом Олимпе власти.

Бердичевский опешил.

— Кто просит?

— Да уж просят, — произнес привратник так внушительно, что прокурор больше ни о чем спрашивать не стал.

— Барин, ждать? — крикнул 48-36.

— Жди.

Матвей Бенционович до такой степени настроился идти в Сенат, расположенный ближе к набережной, что не сразу сообразил, в чем дело, когда сопровождающий тактично тронул его за рукав.

— Сюда пожалуйте, — показал он на подъезд Святейшего Синода.

Дежурному регистратору, сидевшему у входа и лениво отгонявшему мух, швейцар важно обронил:

— К Константину Петровичу. Ожидают.

И с поклоном пригласил Бердичевского проследовать к лестнице.

К Константину Петровичу?

Ах... ах, тупица!

Матвей Бенционович остановился и пребольно хлопнул себя по лбу — в наказание за слепоту и непроницательность.

Привратник обернулся на звук.

— Мушку прихлопнули? Беда от них. Расплодились — страсть.

Сомысленники и единодушники

Провожатый сдал притихшего Матвея Бенционовича пожилому чиновнику, который ожидал на нижней ступеньке. Тот коротко поклонился, но представляться не стал. Жестом предложил следовать за ним.

В приемной великого человека, которого считали могущественнейшей персоной в империи — не столько даже по должности, сколько по духовному влиянию на государя, — ожидало десятка полтора посетителей: были здесь и генералы в парадных мундирах, и два архиерея при орденах, однако имелась публика и попроще — дама с красными, заплаканными глазами, взволнованный студент, молодой офицерик.

Чиновник подошел к секретарю и произнес те же магические слова:

— К Константину Петровичу. Ожидают.

Секретарь внимательно взглянул на Бердичевского, выпорхнул из-за стола и исчез за высокой белой дверью. Полминутки спустя снова появился.

— Просят пожаловать...

Не придумав, куда деть шляпу, Матвей Бенционович решительно положил ее на секретарский стол. Раз уж ему такой почет, что без очереди впускают, то пускай и шляпе окажут уважение.

Закусил нижнюю губу, пальцы правой руки непроизвольно сжались в кулак.

Вошел.

В дальнем конце необъятного кабинета, подле гигантских размеров стола сидели двое. Один лицом к Бердичевскому, и хоть Матвей Бенционович обер-прокурора раньше вживую не видел, сразу узнал по портретам аскетичное лицо, строго сдвинутые брови и несколько оттопыренные уши.

Второй, в расшитом золотом статском мундире, расположился в кресле и на вошедшего взглянул не сразу. Когда же обернулся, то не долее чем на мгновение. Потом вновь отворотил лицо к Победину.

Константин Петрович, известный своей старомодной петербургской учтивостью, поднялся со стула. Вблизи обер-прокурор оказался высоким и прямым, с иссохшим лицом, со впалыми глазами, которые светились умом и силой. Глядя в эти удивительные глаза, Бердичевский вспомнил, что недоброжелатели называют обер-прокурора Великим Инквизитором. Оно и неудивительно — похож.

Долинин (а в кресле сидел, разумеется, он) не встал — наоборот, демонстративно глядел в сторону, будто показывая, что не имеет к происходящему никакого отношения.

Мягким, звучным голосом Константин Петрович произнес:

— Удивлены, Матвей Бенционович? Вижу, что удивлены. А зря. Сергей Сергеевич — слишком дорогой для России человек, чтобы оставлять его без защиты и присмотра. Знаю, всё знаю. Мне докладывали. И о вчерашней слежке, и о сегодняшней. Вчера вас беспокоить не стали — нужно было выяснить, что вы за птица. А сегодня, когда выяснилось, задумал с вами поговорить. Начистоту, по душам. — Победин приязненно и даже сочувственно улыбнулся тонкими сухими губами. — Нам с Сергеем Сергеевичем понятна причина, побудившая вас заняться самопроизвольным расследованием. Человек вы умный, энергичный, храбрый — всё равно докопались бы, не сегодня, так завтра. Вот я и решил вызвать вас сам. Так сказать, для встречи с открытым забралом. Не к лицу мне прятаться-то. Вы, поди, господина Долинина каким-нибудь ужасным злодеем вообразили или заговорщиком?

Матвей Бенционович на это ничего не ответил, только опустил голову, но взгляд при этом опускать не стал — в общем, что называется, *набычился.*

— Прошу вот сюда, напротив Сергея Сергеевича, — пригласил садиться обер-прокурор. — Не бойтесь, он никакой не злодей, да и я, его наставник и руководитель, тоже никому зла не желаю, что бы ни врали про меня господа либералы. Знаете, Матвей Бенционович, кто я? Я слуга и печальник народа. А что до чудовищного заговора, который вам наверняка померещился, то признаюсь честно: есть, есть заговор, но отнюдь не чудовищный, а священный, ставящий целью спасение Родины, Веры и Престола. Из тех, знаете, заговоров, в которых должны участвовать все верующие, добрые и честные люди.

Бердичевский открыл рот, чтобы сказать: большинство заговоров, в том числе и чудовищных, преследуют какую-нибудь священную цель вроде спасения Родины, однако Константин Петрович властно поднял ладонь:

— Погодите, ничего пока не говорите и ни о чем не спрашивайте. Прежде я должен многое вам объяснить. Для великой задачи, которую я назвал, мне нужны помощники. Подбираю их год за годом — по крупице, по золотнику, уже много лет. Люди это верные, мои единодушники. А они тоже подбирают себе помощников, из числа людей полезных. Как мне докладывали, именно по следу такого *полезного человека* вы и направили свое расследование. Как, бишь, его звали?

— Рацевич, — впервые разомкнул уста Сергей Сергеевич.

Сидя прямо напротив заволжца, он каким-то чудом умудрялся все же на него не смотреть. Лицо у Долинина было хмурое, отсутствующее.

— Да-да, благодарю. Идя по следу этого Рацевича, вы, господин Бердичевский, вышли на Сергея Сергеевича, одного из моих помощников — недавно приобретенного, но уже превосходно себя зарекомендовавшего. И знаете, что я вам скажу?

Матвей Бенционович не стал отвечать на риторический вопрос, тем более что он понятия не имел, какое направление может принять эта поразительная беседа.

— Я верю в Провидение, — торжественно объявил Победин. — Это Оно привело вас к нам. Я сказал Сергею Сергеевичу: «Можно этого прокурора, конечно, истребить, чтобы не принес вреда нашему делу. Но поглядите на его поступки. Этот Берди-чевский действует как человек целеустремленный, умный, бескорыстный. Разве не таков набор драго-ценных качеств, какие мы с вами ценим в людях? Давайте я поговорю с ним, как добрый пастырь. Он посмотрит в глаза мне, я ему, и очень может стать-ся, что у нас появится еще один сомысленник».

При слове «истребить» Бердичевский чуть вздрогнул и остаток речи обер-прокурора слушал не очень внимательно — в голове задергалась пани-ческая мыслишка: сейчас, в эту самую минуту ре-шается твоя судьба.

Кажется, Константин Петрович понял скован-ность собеседника не совсем верно.

— Вы, должно быть, слышали, будто я юдофоб, враг евреев? Неправда это. Я далек от того, чтобы сортировать людей по национальности. Я враг не ев-реям, а еврейской вере, потому что она — ядовитый плевел, произрастающий из одного с христианством корня и во сто крат опаснейший, нежели мусульман-ство, буддизм или язычество. Худший из врагов не тот, кто чужд, а тот, кто тебе родня! И потому еврей, который подобно вам отринул ложную веру отцов и принял Христа, мне дороже русского, обретающего-ся в лоне истинной веры по милости рождения. Од-нако я вижу, что вы хотите меня о чем-то спросить. Теперь можно. Спрашивайте.

— Ваше высокопревосходительство... — начал Матвей Бенционович, стараясь справиться с дрожа-нием голоса.

— Константин Петрович, — мягко поправил его обер-прокурор.

— Хорошо... Константин Петрович, я не вполне понял про заговор. Это в фигуральном смысле или же...

— В самом что ни на есть прямом. Только обычно заговор устраивают для свержения существующего строя, а мой заговор существует для его спасения. Наша с вами страна висит на краю бездны. Не удержится, ухнет в пропасть — всему конец. Тянет ее, многострадальную, к погибели могучая сатанинская сила, и мало тех, кто пытается этой напасти противостоять. Разобщенность, падение нравственности, а пуще всего безверие — вот гоголевская тройка, что несет Россию к обрыву, и близок он, воистину близок! Пышет оттуда огнь и сера!

Переход от мягкоречивой рациональности к пророческому пафосу произошел у Константина Петровича естественно, безо всякой натужности. Обер-прокурор несомненно обладал незаурядным даром публичного оратора. Когда же страстный взгляд неистовых глаз и весь заряд духовной энергии устремлялся на одного-единственного слушателя, сопротивляться этому натиску было невозможно. А ему и не нужно выступать перед толпами, подумал Бердичевский. Ему достаточно аудитории из одного человека, ибо человек этот — самодержец всероссийский.

И стало Матвею Бенционовичу поневоле лестно. Как это сам Победин тратит на него, мелкую сошку, весь пыл и жар своей государственной души?

Пытаясь все же не поддаться обер-прокуророву магнетизму, статский советник сказал:

— Простите, но я не понимаю вот чего... — Он сбился и начал сызнова — тут нужно было очень осторожно выбирать слова. — Если выстроенная мною версия верна, то причина всех случившихся... деяний господина Долинина — намерение во что бы то ни стало уничтожить сектантского пророка Мануйлу. Для того чтобы достичь этой цели, а также замести следы, господин действительный статский советник не остановился ни перед чем. Понадобилось устранить ни в чем не повинную монахиню — пожалуйста. Даже крестьянскую девочку не пожалел!

— Что еще за девочка? — прервал его Победин, недовольно взглянув на Сергея Сергеевича. — Про монахиню знаю, про девочку — ничего.

Долинин отрывисто ответил:

— Это Рацевич. Профессионал, но увлекающийся, к тому же оказался с гнильцой. Я уже говорил: это была моя ошибка, что я привлек его к нашему делу.

— Ошибки могут случаться с каждым, — вздохнул обер-прокурор. — Господь простит, если заблуждение было искренним. Продолжайте, Матвей Бенционович.

— Так вот, я хотел спросить... Что в нем такого особенного, в этом мошеннике Мануйле? Почему ради него понадобились все эти... всё *это*?

Константин Петрович кивнул и очень серьезно, даже торжественно произнес:

— Вы и в самом деле умнейший человек. Прозрели самую суть. Так знайте же, что субъект, о котором вы упомянули, заключает в себе страшную опасность для России и даже более того — для всего христианства.

— Кто, Мануйла? — поразился Бердичевский. — Полноте, ваше высокопревосходительство! Не преувеличиваете ли вы?

Обер-прокурор грустно улыбнулся.

— Вы еще не научились верить мне так, как верят мои единодушники. Я могу ошибаться или умом, или сердцем, но никогда и тем, и другим сразу. Это дар, ниспосланный Господом. Это мое предназначение. Верьте мне, Матвей Бенционович: я вижу дальше других людей, и мне открывается многое, что от них закрыто.

Победин смотрел Бердичевскому прямо в глаза, чеканил каждое слово. Заволжский прокурор слушал как завороженный.

— Всякий, кого касается Мануил, заражается смертельной болезнью неверия. Я сам говорил с ним, почувствовал эту обольстительную силу и спасся одной лишь молитвой. Знаете, кто он? — перешел вдруг на страшный шепот Константин Петрович.

— Кто?

— Антихрист.

Слово было произнесено тихо и торжественно.

Бердичевский испуганно моргнул.

Вот тебе на! Самый влиятельный человек в государстве, обер-прокурор Святейшего Синода — сумасшедший. Бедная Россия!

— Я не сумасшедший и не религиозный фана-
тик, — словно подслушал его мысли обер-прокурор. — Но я верую в Бога. Давно знал, что грядет
Нечистый, давно его ждал — по всем объявленным
приметам. А он, оказывается, уже здесь. Невесть
откуда взялся, бродит по Руси, принюхивается,
приглядывается, ибо спешить ему некуда — дано
ему три с половиной года. Сказано ведь в Иоанно-
вом Откровении: *«И даны были ему уста, говоря-
щие гордо и богохульно, и дана ему власть действовать сорок два месяца. И отверз он уста свои для
хулы на Бога, чтобы хулить имя Его, и жилище
Его, и живущих на небе. И дано было ему вести
войну со святыми и победить их; и дана была ему
власть над всяким коленом и народом, и языком, и
племенем. И поклонятся ему все живущие на земле, которых имена не написаны в книге жизни у
Агнца, закланного от создания мира».*

Эти грозные и смутные слова взволновали Матвея Бенционовича. Победин уже не казался ему бе-
зумцем, однако и поверить в то, что жалкий проходимец Мануйла — тот самый апокалиптический
Зверь, было невозможно.

— Знаю, — вздохнул Константин Петрович. —
Вам, человеку практического ума, поверить в такое
трудно. Одно дело про Антихриста в духовной лите-
ратуре читать, и совсем другое — представить его среди
людей, в наш век пара и электричества, да еще в России. А я вам вот что скажу, — вновь воспламенился
обер-прокурор. — Именно в России! В том и смысл, и

предназначение нашей страны, что ей предписано стать полем битвы между Светом и Тьмой! Зверь выбрал Россию, потому что это особенная страна — она, несчастная, дальше всех от Бога, а в то же время всех прочих стран к Нему ближе! И еще оттого, что давно уже идет у нас шатание — и порядка, и веры. Наша держава — слабейшее из звеньев в цепи христианских государств. Антихрист увидел это и приготовил удар. Мне ведомо, что это будет за удар, — он сам мне признался. Вам с Сергеем Сергеевичем про то знать не надобно, пусть уж на мне одном будет тяжесть знания. Скажу лишь одно: это удар, от которого наша вера не оправится. А что Россия без веры? Дуб без корней. Башня без фундамента. Рухнет и рассыплется в прах.

— Антихрист? — нерешительно повторил Бердичевский.

— Да. Причем не иносказательный, вроде Наполеона Бонапарта, а самый что ни на есть настоящий. Только без рогов и хвоста, с тихой, душевной речью и ласкательным взором. Я чувствую людей, знаю их. Так вот, *Мануил — не человек.*

От того, как просто, буднично была произнесена эта фраза, по спине Матвея Бенционовича пробежали мурашки.

— А сестра Пелагия? — слабым голосом проговорил он. — Разве она в чем-то виновата?

Обер-прокурор сурово сказал:

— В любом государстве существует институт смертной казни. В христианских странах она применяется в двух случаях: когда некто нанес тяжкое оскорбление человечности или же являет собой серьезную опасность для общества. В первом случае это отпетые уголовники, во втором — разрушители устоев.

— Но Пелагия не убийца и не революционерка!

— И тем не менее она представляет собой огромную опасность для нашего дела, а это еще хуже, чем оскорбление человечности. Оскорбление можно простить, это нам и Христос велел. — Тут лицо Победина отчего-то дернулось, но он тут же совладал с собой. — Можно и даже должно помиловать жестокого, но раскаявшегося убийцу. Однако не уничтожить человека, пускай полного благих намерений, но представляющего собой угрозу для всего мироустройства, — преступление. Это все равно что врач не отсечет гангренозный член, от которого смертоносная гниль перекинется на все тело. Таков высший закон общины: пожертвовать одним ради спасения многих.

— Но вы могли бы с ней поговорить, как говорите сейчас со мной! — воскликнул Матвей Бенционович. — Она умнейшая, искренне верующая женщина, она бы вас поняла!

Обер-прокурор взглянул на Долинина. Тот поднял лицо — застывшее, мрачное — и покачал головой:

— Я сразу почувствовал, что она опасна. Не отпускал ее от себя, присматривался. Уже понял: слишком умна, непременно докопается, а всё медлил... Я знаю эту породу. Такие не отступятся от

ребуса, пока его не решат. И она уже близка к разгадке.

— С вами, Матвей Бенционович, договориться
можно, потому что вы мужчина и умеете за частно-
стями видеть главное, — подхватил Константин
Петрович. — Женщина же не поймет меня никогда, потому что для нее частность важнее Цели. Вы
и я пожертвуем одним человеком ради спасения
тысяч и миллионов, даже если этот человек нам
бесконечно дорог и если сердце будет истекать кровью. Женщина же никогда на такое не пойдет, и
миллионы погибнут вместе с тем несчастным, кого
она пожалела. Я видел вашу Пелагию и знаю, что
говорю. Она молчать не захочет и не сможет. Мне
очень жаль, но она приговорена, ничто ее не спа-
сет. Над ней уже занесена десница. Я скорблю об
этой незаурядной женщине, а Сергей Сергеевич еще
более меня, потому что успел ее полюбить.

Бердичевский с ужасом посмотрел на Долинина, но у того на лице не дрогнул ни единый мускул.

— Будем скорбеть по ней вместе, — закончил
обер-прокурор. — И пусть утешением нам будет то,
что она упокоится в Святой Земле.

От отчаяния Матвей Бенционович чуть не застонал. Знают, всё знают!

— Да, знаем, — кивнул Константин Петрович,
кажется, владевший искусством понимать собеседника без слов. — Она пока жива, потому что так
нужно. Но скоро, очень скоро ее не станет. Увы,
иного выхода нет. Иногда собрание единодушников

с горечью и болью принимает подобные тягостные решения — даже если речь идет не о простой инокине, а о людях куда более заслуженных.

Бердичевскому вспомнились давние слухи о скоропостижной смерти молодого генерала Скобелева, якобы приговоренного тайной монархической организацией под названием «Священная Дружина».

— «Священная Дружина»?..— неуверенно выговорил он.

Победин поморщился:

— У нас нет названия. А «Священная Дружина» была ребячеством, глупой затеей придворных честолюбцев. Мы же не честолюбивы, хотя каждый из моих помощников назначается на видное место, где может принести родине максимум пользы. Я устрою и вашу судьбу, можете в этом быть уверены, но я хочу, чтобы вы примкнули к нам не из карьерных видов, а по убеждению... Вот что. — Обер-прокурор пристально посмотрел на статского советника, и Бердичевский поежился под этим пронизывающим взглядом. — Я вам расскажу то, что известно лишь самому близкому кругу моих друзей. Нами разработан план чрезвычайных мер на случай, если опасность революционного взрыва станет слишком серьезной. Вся беда в том, что власть и общество по-детски беспечны. Люди склонны недооценивать угрозу, которой чреваты теории и идеи. До тех пор, пока не прольется кровь. Что ж, мы откроем обществу глаза! Мы перехватим инициативу! Сейчас в России язва терроризма выжжена каленым железом, но это временное облегчение. Когда новая волна революционного насилия станет неотвратимой, мы опередим ее. Начнем террор сами.

— Будете убивать революционеров?

— В этом нет смысла. Так мы лишь вызовем к ним сочувствие. Нет, мы убьем кого-нибудь из почтенных сановников. Если понадобится, не одного. И выдадим это за начало революционного террора. Выберем достойного, уважаемого человека — такого, чтобы все ужаснулись... Погодите, Матвей Бенционович, не вздрагивайте. Я еще не всё вам сказал. Будет мало убийства министра или генерал-губернатора, устроим взрывы на вокзалах, в жилых домах. С множеством невинных жертв. Чудовищная провокация, скажете вы. Да, отвечу я вам. Чудовищная и отвратительная. А «Революционный катехизис» Нечаева вы читали? Наши враги дозволяют себе и провокации, и жестокость. Значит, и мы имеем право воспользоваться тем же оружием. Молю Бога, чтоб до этого не дошло. — Победин истово перекрестился. — А чтоб вы не считали меня адским исчадием, скажу вам еще кое-что... До того как начнутся взрывы, убит будет еще один весьма высокопоставленный сановник, которого почитает и слушает сам государь. К сожалению, слушает недостаточно...

— Вы?! — ахнул Бердичевский.

— Да. И это не худшая из жертв, которую я готов принести ради человечества! — с болью воскликнул Константин Петрович, и из его глаз потекли слезы. — Что такое отдать свою жизнь? Пу-

стяк! Я же приношу в жертву нечто куда более драгоценное — свою бессмертную душу! Вот наивыс-
шая цена, которую, в случае необходимости, обя-
зан заплатить вождь человеческий ради счастия
людей! Что ж я, по-вашему, не понимаю, какое
проклятье на себя беру? Нет служения жертвен-
ней, чем мое. Я скажу ужасную, даже кощунствен-
ную вещь: моя жертва выше, чем Иисусова, ибо
Он-то Свою душу сберег. Иисус призывал возлю-
бить ближнего, как самого себя, я же люблю ближ-
них *больше*, чем себя. Ради них я не пожалею и
своей бессмертной души... Да, приказывая убивать
невинных, но опасных для нашего дела людей, я
гублю свою душу! Но ведь это ради любви, ради
правды, ради други своя!

Глаза обер-прокурора в эту минуту смотрели уже
не на Бердичевского, а вверх — на потолок, посередине которого мерцала величественная хрустальная
люстра.

Это он не мне говорит, а Господу Богу, понял
Матвей Бенционович. Стало быть, всё же надеется
на Его прощение.

Константин Петрович вытер платком слезы и сказал Бердичевскому — сурово и непреклонно, на «ты»:

— Если готов идти со мной по этому крестному
пути — подставляй плечо под крест и пойдем. Не
готов — отойди, не мешай! Так что? Остаешься или
уходишь?

— Остаюсь, — тихо, но твердо ответил Бердичевский после самой короткой паузы.

Прогулка его превосходительства

Из здания Святейшего Синода Матвей Бенционович вышел час спустя — и уже не статским советником, а особой четвертого, генеральского класса. Производство свершилось с фантастической легкостью и быстротой. Константин Петрович протелефонировал министру юстиции, поговорил с ним не долее трех минут, потом связался с Дворцом, где имел беседу с Таким Собеседником, что у Бердичевского вспотели ладони. «Ценнейший для государства человек, на полное мое ручательство» — вот какие слова были сказаны про безвестного заволжца. И кому сказаны!

Другие чиновники, даже выслужив полный срок производства, ожидают утверждения долгие месяцы, а тут всё решилось в мгновение ока, и даже указ должен был воспоследовать нынче же, сегодняшним числом.

Матвею Бенционовичу было обещано в самом скором времени назначение на ответственную должность. Пока же обер-прокурор подберет новому сомысленнику достойное поприще (на это понадобится неделька-другая), Бердичевскому предписывалось быть в столице. В Заволжск возвращаться Константин Петрович не советовал. «К чему вам лишние объяснения с вашим духовным отцом? — сказал он, лишний раз продемонстрировав исчерпывающую осведомленность. — Заволжского губернатора известят депешей, вашу семью переправят.

Через день-два министерство предоставит вам казенную квартиру, при полной меблировке, так что заботиться о бытоустройстве не нужно».

А его новоиспеченное превосходительство о бытоустройстве и не заботился.

Бердичевский вышел из Синода на площадь. Зажмурился на яркое солнце, надел шляпу.

У решетки ждала коляска. 48-36 пялился на борца с австро-венгерским шпионажем, ждал знака. Поколебавшись, Матвей Бенционович подошел к нему, лениво сказал:

— Прокати-ка меня, братец.

— Куда прикажете?

— Право, не знаю, да вот хоть по набережной.

Вдоль Невы катилось просто замечательно. Солнце, правда, спряталось за тучи, и с неба брызнул мелкий дождик, но седок поднял кожаный верх и заслонился им от внешнего мира. Потом снова просветлело, и верх был спущен обратно.

Его превосходительство ехал себе, улыбался небу, реке, солнечным зайчикам, прыгавшим по стенам домов.

— Поворачивай на Мойку, — велел он. — Или нет, постой. Лучше пройдусь. Тебя как звать? Второй день ездим, а так и не спросил.

— Матвей, — сказал извозчик.

Бердичевский удивился, но несильно, потому что за нынешне утро успел существенно поистратить способность к удивлению.

— Грамотный?

— Так точно.

— Молодец. Держи-ка вот за труды.

Сунул в широкий карман извозчичьего кафтана несколько бумажек.

Возница даже не поблагодарил — так расстроился.

— И всё, ваше благородие, боле ничего не нужно?

Даже голос дрогнул.

— Не «благородие», а «превосходительство», — важно сказал ему Матвей Бенционович. — Я тебя, 48-36, сыщу, когда понадобишься.

Похлопал просиявшего парня по плечу, дальше отправился пешком.

Настроение было немножко грустное, но в то же время покойное. Бог весть, о чем думал бывший заволжский прокурор, идя легким, прогулочным шагом по Благовещенской улице. Один раз, у берега Адмиралтейского канала, загляделся на бонну, гулявшую с двумя маленькими девочками, и пробормотал непонятное: «А что им, лучше будет, если папенька — подлец?»

И еще, уже на Почтамтской улице, прошептал в ответ на какие-то свои мысли: «Простенько, но в то же время изящно. Этюд Бердичевского». Весело хмыкнул.

Поднимаясь по ступенькам Почтамта, даже напевал лишенным музыкальности голосом и без слов, так что распознать мелодию не представлялось возможным.

Быстро набросал на бланке телеграммы: «Срочно разыщите П. Ее жизнь опасности. Бердичевский».

Протянул в окошко телеграфисту, продиктовал адрес:

— В Заволжск, на Архиерейское подворье, преосвященному Митрофанию, «блицем».

Заплатил за депешу рубль одиннадцать копеек.

Вернувшись на улицу, его превосходительство немного постоял на ступеньках. Тихонько сказал:

— Что ж, прожито. Можно бы и подостойней, но уж как вышло, так вышло...

Видно, Матвею Бенционовичу очень хотелось с кем-нибудь поговорить, вот он за неимением собеседника и вступил в диалог с самим собой. Но проговаривал вслух не всё, а лишь какие-то обрывки мыслей, без очевидной логической связи.

Например, пробормотал:

— Рубль одиннадцать копеек. Ну и цена.

И тихо рассмеялся.

Посмотрел налево, направо. На улице было полно прохожих.

— Прямо здесь, что ли? — спросил неизвестно кого Бердичевский.

Поежился, но тут же сконфуженно улыбнулся. Повернул направо.

Следующая реплика была еще более странной:

— Интересно, дойду ли до площади?

Не спеша двинулся в сторону Исаакиевского собора. Сложил на груди руки, стал любоваться поверкивающей брусчаткой, медным блеском купола, кружащей в небе голубиной стаей.

Прошептал:

— Merci. Красиво.

Казалось, Матвей Бенционович чего-то ждет или, может, кого-нибудь поджидает. В пользу этого предположения свидетельствовала и следующая произнесенная им фраза:

— Ну, сколько можно? Это по меньшей мере невежливо.

Что именно он находил невежливым, осталось неизвестным, потому что в это самое мгновение на действительного статского советника с разбега налетел спешивший куда-то молодой человек крепкого сложения. Крепыш (он был в полосатом пиджаке), впрочем, вежливо извинился и даже придержал ойкнувшего Матвея Бенционовича за плечо. Приподнял соломенную шляпу, затрусил себе дальше.

А Бердичевский немного покачался с улыбкой на губах и вдруг повалился на тротуар. Улыбка стала еще шире, да так и застыла, карие глаза спокойно смотрели вбок, на радужную лужу.

Вокруг упавшего собралась толпа — хлопотали, охали, терли виски и прочее, а крепкий молодой человек тем временем быстро прошагал улицей и вошел в Почтамт через служебный ход.

У телеграфного пункта его ожидал чиновник почтового ведомства.

— Где? — спросил полосатый.

Ему протянули листок с телеграммой, адресованной в Заволжск.

Содержание полосатому, очевидно, было известно — читать депешу он не стал, а аккуратно сложил бумажку и сунул в карман.

XV

ПОЛНОЛУНИЕ

Близ сада и в саду

Перед Яффскими воротами Пелагия велела поворачивать направо. Старый город объехали с юга вдоль Кедронского оврага.

Справа белело надгробьями еврейское кладбище на Масличной горе, издали похожее на огромный каменный город. Полина Андреевна едва взглянула на сей прославленный некрополь, обитатели которого первыми восстанут в день Страшного Суда. Утомленной путешественице сейчас было не до святынь и достопримечательностей. Круглая луна забралась в небо уже довольно высоко, и монахиня очень боялась опоздать.

— Если через пять минут не будем, где велено, двухсот франков не получишь, — ткнула она кучера кулаком в спину.

— А жениться? — обернулся Салах. — Ты сказала «ладно».

— Сказано тебе, у меня уже есть Жених, другого не нужно. Погоняй, не то и денег не получишь.

Палестинец надулся, но лошадей все же подстегнул.

Хантур прогрохотал по мосту и повернул вправо, на улочку, уходившую резко вверх.

— Вот он, твой сад, — пробурчал Салах, показывая на ограду и калитку. — Пять минут не прошло.

С сильно бьющимся сердцем смотрела Полина Андреевна на вход в священнейший из всех земных садов.

На первый взгляд в нем не было ничего особенного: темные кроны деревьев, за ними торчал купол церкви.

Эммануил уже там или еще нет?

А может быть, она вообще ошиблась?

— Подожди здесь, — шепнула Пелагия и вошла в калитку.

Какой же он маленький! От края до края полсотни шагов, никак не больше. Посередине заброшенный колодец, вокруг него с десяток кривых, узловатых деревьев. Говорят, оливы бессмертны, во всяком случае, могут жить и две, и три тысячи лет. Значит, какое-то из этих деревьев слышало Моление о Чаше? От этой мысли сердце монахини сжалось.

А еще более стиснулось в груди, когда Пелагия увидела, что в саду кроме нее никого нет. Луна светила так ярко, что спрятаться было невозможно.

Не нужно отчаиваться, сказала себе Полина Андреевна. Может быть, я пришла слишком рано.

Она вышла обратно на улицу и сказала Салаху:

— Спустимся вон туда. Подождем.

Он отвел лошадей вниз, к дороге. Там в осыпавшейся стене образовался провал, сверху нависали густые ветви деревьев, так что разглядеть повозку можно было, только если знать, где она стоит.

Салах спросил, тоже шепотом:

— Кого ждем, а?

Она не ответила, только махнула рукой, чтоб молчал.

Странная вещь — в эти минуты Пелагия уже нисколько не сомневалась, что Эммануил придет. Но волнение от этого не ослабело, а, наоборот, усилилось.

Губы монахини шевелились, беззвучно произнося молитву: «Коль возлюбленна селения Твоя, Господи сил! Желает и скончавается душа моя во дворы Господни, сердце и плоть моя возрадоваться о Бозе живе...» Моление родилось само собой, безо всякого участия рассудка. И лишь дойдя до слов «Яко лучше день един во дворех Твоих паче тысящ: изволих приметатися в дому Бога моего паче, неже жити ми в селениих грешничих», она осознала, что произносит мольбу о перемещении из жизни земной в Вечные Селения.

Осознав, задрожала.

С чего это душа вдруг исторгла псалом, который предписан человеку, находящемуся у порога вечности?

Но прежде чем сестра Пелагия могла прочесть иную, менее страшную молитву, с дороги на горбатую улочку свернул человек в длинном одеянии и с посохом.

Это всё, что успела разглядеть монахиня, потому что в следующий миг луна спряталась за маленькое облако, и стало совсем темно.

Путник прошел близко, в каких-нибудь пяти шагах, но инокиня так и не поняла, тот ли это, кого она ждет.

Стала смотреть вслед — повернет в сад или нет.

Повернул.

Значит, он!

Тут и луна высвободилась из недолгого плена, так что Пелагия разглядела спутанные волосы до плеч, белую рубаху и темный пояс.

— Он! — воскликнула она уже вслух и хотела кинуться за вошедшим в сад, но здесь случилось непредвиденное.

Кто-то схватил ее за руку и рывком развернул.

Пелагия и Салах так сосредоточенно смотрели в спину человеку с посохом, что не заметили, как к ним подкрался еще один.

Это был мужчина устрашающего вида. Бородатый, широкоплечий, с плоским свирепым лицом. За плечом его торчал приклад карабина. На голове был повязан арабский платок.

Одной рукой незнакомец держал за шиворот Салаха, другой — за локоть Пелагию.

— Что за люди? — прошипел он по-русски. — Почему таитесь? Против *него* умышляете?

Кажется, он лишь теперь разглядел, что перед ним женщина, и локоть выпустил, но зато схватил палестинца за ворот обеими руками, да так, что почти оторвал от земли.

— Русские, мы русские, — залепетал перепуганный Салах.

— Что с того, что русские! — рыкнул ужасный человек. — *Его* всякие сгубить хотят, и русские тож! Зачем тут? *Его* поджидали? Правду говорите, не то...

И взмахнул таким здоровенным кулачищем, что бедный палестинец зажмурился. Богатырь без труда удерживал его на весу и одной своей ручищей.

Оправившись от первого потрясения, Пелагия быстро сказала:

— Да, мы ждали Эммануила. Мне нужно с ним говорить, у меня для него важное известие. А вы... вы кто? Вы из «найденышей», да?

— «Найденыши» — это которые свою душу спасают, — с некоторым презрением молвил бородач. — А *я его* спасать должон. Моя душа ладно, пускай ее... Только бы *он* живой был. Ты сама кто?

— Сестра Пелагия, монахиня.

Реакция на это вроде бы совершенно безобидное представление была неожиданной. Незнакомец швырнул Салаха наземь и схватил инокиню за шею.

— Монахиня! Ворона черная! Это он, кощей, тебя прислал? Он, он, кто ж еще! Говори, не то глотку разорву!

Перед лицом помертвевшей Пелагии сверкнуло лезвие ножа.

— Кто «он»? — выдохнула полузадушенная, переставшая что-либо понимать сестра.

— Не бреши, змея! Он, самый главный над вашим крапивным семенем начальник! Вы все на него шпиёните, заради него пролазничаете!

Главный над крапивным семенем, то есть над духовенством начальник?

— Вы про обер-прокурора Победина?

— Ага! — возликовал бородатый. — Созналась! Лежи! — пнул он попытавшегося сесть Салаха. — Я раз уж спас Мануйлу от старого упыря, и сызнова спасу! — Широкий рот оскалился в кривозубой улыбке. — Что, поминает, поди, Кинстянтин Петрович раба божьего Трофима Дубенку?

— Кого? — просипела Пелагия.

— Неужто не сказывал тебе, как святого человека облыжно в покраже обвинил да в кутузку упек? А меня сторожить приставил. Я при Кинстянтин Петровиче сколько годов псом цепным прослужил! Так и сдох бы собакой, не поднялся бы до человеческого звания! «Ты, говорит, Трофимушка, постереги этого вора и смутьяна, он человек опасный. Нет у меня доверия к полицейским стражникам. Дозавтра постереги в участке, не давай ему ни с кем разговоры разговаривать, а утром я приказ добуду, в Шлиссельбургскую крепость его перевести».

Пелагия вспомнила рассказ Сергея Сергеевича о краже у обер-прокурора золотых часов. Вот что на самом деле-то произошло! Не было никакой кражи, и не отпускал великодушный Константин Петрович мнимого воришку, а совсем напротив. Усмотрел многоумный обер-прокурор в бродячем пророке какую-то нешуточную для себя опасность. Для начала засадил в полицейский участок и приставил своего подручного, а потом озаботился бы и поосновательней упечь — побединские возможности известны.

— Вы Эммаунилу с другими стражниками разговаривать не позволили, а сами с ним поговорили, да? — произнесла сестра с интонацией не вопросительной, а утвердительной. — Пустите, пожалуйста, горло. Я вам не враг.

— Поговорил. Никогда в жизни со мной никто так не говаривал. Уж на что Кинстянтин Петрович языком плести мастер, а только его слова против Мануйлиных — одна шелуха.

Пальцы Трофима Дубенко остались на шее монахини, но уже не сжимали так сильно, да и рука с ножом опустилась.

— И вы вывели арестанта из полицейского участка? Но как вам это удалось?

— А просто. По ночному времени там у дверей всего один мундирный сидел. Стукнул его кулаком по загривку, и вся недолга. А потом говорю Мануйле: на край света за тобой пойду, потому что ты постоять за себя не умеешь. Пропадешь один, а тебе жить должно, с человеками разговаривать. Только не взял он меня. Не нужно, говорит, и не положено. Один я должон. А за меня, говорит, не бойся — меня Бог обережет. Ну, не хочет — я насильно вязаться не стал. С ним не пошел, а *за* ним пошел.

Куды он, туды и я. Бог, он то ли обережет, то ли
нет, а Трофим Дубенко точно в обиду не даст. Который месяц за Мануйлой хожу. По Расее-матушке,
по морю-океану, по Святой Земле. Он человек блаженный, никакой подозрительности в нем нету.
Веришь ли — чуть не полземли за ним прошел, а
ему невдомек. Только на глаза ему не лезь, вот и
вся хитрость. Он знаешь, как ходит? Никогда назад не оглядывается. Идет себе, палкой отмахива-
ет. Даже под ноги не глядит. Только вперед или
вверх, на небо. Еще, правда, по сторонам башкой
крутить любит. Одно слово — блаженный.

    В голосе Мануйлиного телохранителя звучали
нежность и восхищение, а Пелагия вдруг вспомнила про «чудо Господне», о котором рассказывала
Малке.

    — Скажите, а это вы в Иудейских горах разбой-
ника-бедуина убили?

    — С саблей-то который? Я. Вот, карабин у меня,
в городе Яффе сменял. Часы у меня были именные,
Кинстянтин Петровичем за службу даренные. Тьфу
и на ту службу, и на него, кощея, и на часы его
поганые. Да что разбойник! Мануйла что ни день
беду на себя накликает. Если б не Трофим Дубенко,
давно бы уж лихие люди его в землю зарыли, —
похвастался бородач и вдруг осекся. — Ах ты, лов-
кая какая! Ишь, язык мне развязала. Давно по-на-
шему не говорил, вот и прорвало меня. Говори: ты
от Победина или нет?

    И снова взмахнул ножом.

— Нет, я сама по себе. И зла Эммануилу... Мануйле не желаю. Напротив, хочу его предостеречь.

Трофим Дубенко посмотрел на нее в упор. Сказал:

— Дай-ка.

И всю обшарил лапищами — искал, нет ли спрятанного оружия. Пелагия подняла руки кверху, терпела.

— Ладно, — разрешил он. — Иди. Только одна. Этот твой пускай тут останется. Но уговор: про меня молчок. Не то прогонит он меня, а ему без охранителя нельзя.

— Обещаю, — кивнула сестра.

В первую минуту показалось, что внутри ограды опять пусто.

Монахиня прошла, озираясь, из конца в конец, но никого не увидела. А когда в недоумении остановилась, из самой середины сада донесся голос, мягко спросивший что-то на неизвестном Пелагии наречии.

Лишь теперь она разглядела фигуру, сидевшую в траве у старого колодца.

— Что? — вздрогнула инокиня, остановившись.

— Ты 'усская? — произнес голос, по-детски картавя на букве «р». — Я сп'осил, что ты ищешь? Или кого?

— Что это вы делаете? — пролепетала она.

Человек сидел на земле совершенно неподвижно, весь залитый белым лунным светом. От этой самой неподвижности она его и не заметила, хоть давеча прошла совсем рядом.

Нерешительно приблизившись, Пелагия увидела худое лицо с широко раскрытыми глазами, клочковатую бороду (кажется, с проседью), выпирающий кадык и высоко поднятые брови, словно пребывающие в постоянной готовности к радостному изумлению. Стрижен пророк был по-мужичьи, в кружок, но давно, не менее полугода назад, так что волосы отросли и свисали почти до плеч.

— Жду, — ответил Мануйла-Эммануил. — Луна еще не совсем в се'едине неба. Это называется «в зените». Нужно немножко подождать.

— А... а что будет, когда луна окажется в зените?

— Я встану и пойду вон туда. — Он показал в дальний угол сада.

— Но там же забор.

Пророк оглянулся, словно их кто-то мог подслушать, и заговорщическим шепотом сообщил:

— Я п'оделал в нем ды'ку. Когда был здесь 'аньше. Одна доска отодвигается, и тогда че'ез монастый можно подняться на го'у.

— Но почему нельзя подняться по улице? Она тоже ведет в гору, — тоже понизила голос Пелагия.

Он вздохнул.

— Не знаю. Я п'обовал, не получается. Наве'но, всё должно быть в точности, как тогда. Но главное, конечно, полнолуние. Я совсем п'о него забыл, а тепей вспомнил. 'аньше-то Пасха всегда в полнолуние, это тепей евъеи всё пе'епутали.

— Что перепутали? — наморщила лоб сестра, тщетно пытаясь найти в его словах смысл. — Зачем вам полнолуние?

— Я вижу, ты п'ишла сюда, чтобы погово'ить со мной, — сказал вдруг Эммануил. — Гово'и.

Пелагия вздрогнула. Откуда он знает?

А пророк поднялся на ноги, оказавшись на целую голову выше монахини, и заглянул ей в лицо. В его глазах поблескивали лунные искорки.

— Ты хочешь меня о чем-то п'евенти'овать, — произнес картавый щурясь, словно читал вслух в полутьме и от этого ему приходилось напрягать зрение.

— Что?

— Ты долго искала меня, потому что хочешь п'евенти'овать о чем-то плохом. Или о том, что тебе кажется плохим. Мне будет инте'есно гово'ить с тобой. Но тепей уже по'а. Если хочешь, пойдем со мной. Погово'им до'огой.

Он поманил ее рукой и направился к изгороди.

Одна из досок и в самом деле оказалась прибитой лишь на верхний гвоздь. Эммануил отогнул ее и протиснулся в щель.

Пребывающая в странном онемении Пелагия поступила так же.

Они прошли темным двором какого-то монастыря, потом через калитку вышли в переулок, всё время поднимаясь в гору.

По обеим сторонам были арабские лачуги, свет ни в одной из них не горел. Один раз, на повороте, монахиня оглянулась и увидела напротив Храмовую гору, увенчанную круглой нашлепкой Омаровой мечети. Освещенный луной Иерусалим казался таким же мертвым, как расположенное напротив еврейское кладбище.

Спохватившись, что так и не назвала себя, инокиня сказала:

— Я Пелагия, монахиня...

— А, Х'истова невеста, — засмеялся Эммануил. — У Божьего сына столько невест! Больше, чем у ту'ецкого султана. И хоть бы одна сп'осила, хочет ли он на ней жениться.

Богохульная шутка покоробила Пелагию, сбила особенное, полумистическое настроение, возникшее под влиянием луны и Гефсиманского сада.

Какое-то время они поднимались молча. Пора всё ему объяснить, подумала сестра и начала — сдержанно и сухо, еще не забыв остроту насчет Христовых невест:

— У меня плохая весть. Вам угрожает смертельная опасность. У вас есть могущественные враги, которые хотят вас убить и ни перед чем не остановятся. То, что вы уехали из России, ваших врагов не...

— В'ажда — субстанция обоюдная, — легкомысленно перебил ее предводитель «найденышей». — 'аз я никому не в'аг, то и у меня не может быть в'агов. По-моему, 'езонно. Люди, о кото'ых ты гово'ишь, ошибаются, думая, что я могу п'ичинить им зло. Мне бы нужно с ними погово'ить, и всё 'азъяснится. Я с ними обязательно погово'ю — если сегодня опять не удастся. А если удастся, меня здесь больше не будет, и тогда они успокоятся.

— Что удастся? — спросила сбитая с толку Пелагия.

— Я бы тебе объяснил, но ты все 'авно не пове'ишь.

— Ах, да не станут они с вами разговаривать! Они хотят вашей смерти. Ваши враги легко, без малейших колебаний, убивают всякого, кто оказывается у них на пути! Это означает, что уничтожить вас для них очень-очень важно.

Здесь пророк покосился на Пелагию, но не с испугом, а как-то озадаченно, словно не очень понимая, из-за чего она так разволновалась.

— Тс-с-с! — зашептал он, прикладывая палец к губам. — Мы п'ишли. И луна как 'аз в самом-самом зените.

Он толкнул створку полусгнивших ворот, и они вошли во двор, заросший сухой травой. Пелагия разглядела в глубине хибару с плоской проваленной крышей.

— Чей это дом? — тихо спросила сестра.

— Не знаю. Тут больше никто не ква'ти'ует. Боюсь, здесь случилась беда — я такие вещи чувствую...

Эммануил зябко поежился, обхватив себя за плечи.

Заброшенная лачуга Пелагию нисколько не интересовала. Ее одолевали досада и раздражение. Сколько времени искала она этого человека, сколько потратила сил, а он и слушать не желает!

— Может быть, вы думаете, что, покинув Россию, избавились от опасности? — сердито заговорила монахиня. — Как бы не так! Они разыщут вас и здесь! Я, кажется, знаю, от кого исходит угроза, но это настолько невероятно... И потом, с чего это он на вас так остервенился? То есть, у меня есть одно предположение, но оно до такой степени...

Пелагия сбилась. Глядя на смехотворную фигуру «найденышевского» пророка, стоявшего на одной ноге (другой он почесывал лодыжку), сестра готова была первая признать свое «предположение» чудовищной нелепостью.

— Нет, Победин просто сумасшедший... — пробормотала она.

— Ты гово'ишь непонятно. — Эммануил отложил свой посох, подобрал с земли дощечку и принялся разгребать кучу мусора — в стороны полетели ветки, черепки, комья земли. — И ты не гово'ишь мне главного.

— Чего главного? — удивилась Пелагия, наблюдая за его странными действиями.

Он выдернул из-под мусора какие-то доски, и под ними открылась яма, а на дне ямы — черная дыра.

— Это подземный ход?

Эммануил осторожно спустился в яму, одновременно доставая что-то из заплечного мешка.

— Нет, это г'обница. Пеще'а. Тут похо'онены люди, кото'ые жили давно, две тысячи лет назад и даже много 'аньше. Знаешь, что такое «энеолит»? А «халколит»? — с важностью произнес он звучные слова.

Пелагии приходилось читать о древнееврейских захоронениях. Все иерусалимские холмы изрыты пещерами, в которых когда-то погребали мертвых. Ничего удивительного, что один из склепов находится во дворе заброшенного крестьянского дома. Но что нужно там Эммануилу?

Он чиркнул спичкой, зажег скрученную и пропитанную маслом тряпку.

Из ямы на Пелагию смотрело бородатое лицо, освещенное багровым пламенем. Ночь вокруг сразу сделалась чернее.

— Мне по'а, — сказал Эммануил. — Но я вижу, ты хочешь меня о чем-то сп'осить и не 'ешаешься. Не бойся, сп'ашивай. Если я знаю ответ, я скажу тебе п'авду.

Там, внизу, пещера, вдруг пронзило Пелагию. Пещера!

Монахиня и не вспомнила, что навсегда зареклась лазить по подземельям.

— Можно я спущусь с вами? Пожалуйста!

Он посмотрел на луну, стоявшую ровно в середине неба.

— Если пообещаешь, что ско'о уйдешь. И не будешь ждать меня сна'ужи.

Пелагия кивнула, и он подал ей руку.

Сначала лаз был совсем узким. Под ногами оказались каменные ступени, местами раскрошившиеся от древности, но совсем не стертые. Да и с чего им было стереться?

Когда лестница закончилась, Эммануил высоко поднял руку с тряпичным факелом, и стало видно, что склеп довольно широк. В его стенах темнели какие-то ниши, но из-за тусклого освещения разглядеть их толком не представлялось возможным.

Пророк повернулся лицом к Пелагии и сказал:

— Посмот'ела? Тепей задавай свой воп'ос и уходи.

Вдруг его брови, и без того высоко посаженные, уползли еще выше к волосам. Эммануил смотрел не на собеседницу, а поверх ее головы, словно узрел там нечто очень интересное.

Но Пелагия не следила за его взглядом. Отчаянно волнуясь, она набрала полную грудь воздуха, непроизвольно вскинула руку к виску и дрожащим голосом задала свой вопрос.

Сколько веревочке ни виться

Когда хантур доехал до Яффских ворот и там повернул направо, Яков Михайлович сразу сообразил, что это они наладились огибать стену. Стало быть, никуда не денутся, можно отбить телеграммку в Питер. Долее недели не выходил на связь, нехорошо. А тут как раз круглосуточный телеграф был рядом — через него и идея возникла.

Воистину явил чудо расторопности: всего две минутки понадобилось, чтоб сунуть в окошко заранее написанную депешу и расплатиться.

Депешка была следующего содержания: «Получу оба груза сегодня. Нифонтов». Это такая условная фамилия была — «Нифонтов», подписываться, пока задание не выполнено. А как будет выполнено, тогда в телеграмме можно написать все равно что, но подпись беспременно должна быть «Ксенофонтов». Кому надо, поймет.

Яков Михайлович (пока еще пребывая в звании Нифонтова) отлично со всем управился: и донесение отправил, и хантур догнал — близ расщелины, которая называлась Геенной. Той самой, Огненной, где, по речению святого апостола, «червь не умирал и огонь не угасал». Жители древнего Иерусалима бросали в овраг трупы казненных и сверху заваливали их нечистотами, а чтоб из поганой ямы на город не наползла зараза, днем и ночью там горели костры.

Вот она, вся жизнь человеческая, вздохнул Яков Михайлович, погоняя лошадку. Живем в нужнике, на других гадим, а подохнешь — на тебя самого дерьма навалят, да еще огнем подпалят, чтоб не вонял. Вот какое невеселое философствование пришло на ум.

Это было просто замечательно, что полнолуние и туч немного. Исключительно повезло. Надо сказать, вся эта командировка, долгая и хлопотная, проходила словно бы под неким Высшим покровительством. Мог и в Иерусалиме след потерять, и у горы Мегиддо, и в Содоме, но прилежание и везение каждый раз выручали. Яков Михайлович и сам не плошал, и Бог о нем не забывал.

А теперь оставалось всего ничего. Если Рыжуха скумекала правильно (а она баба ушлая), то, глядишь, нынче же всё и обустроим, после чего переименуемся из недотепы Нифонтова в триумфального Ксенофонтова.

Вот интересно, какая за такое мудреное задание может быть награда?

Обычно, пока дело не сделано, он не позволял себе рассуждать о таких приятных вещах, но лунный вечер настраивал на мечтательность. Да и конец уже совсем близко, это Яков Михайлович нутром чувствовал.

Окончательное забвение *историйки* с полным уничтожением всей касательной следовательской документации — это обещано твердо. Отслужил, отбелил. Не будет долее сей Дамоклов клинок над головушкой висеть. Ныне отпущаеши, Господи. Но, пожалуй, можно и сверх того себе чего-ничего испросить, в виде шуршащих и приятно похрустывающих бумажечек. Чутье подсказывало, что дадут премиальные, обязательно дадут. Вон как начальников из-за Мануйлы этого разобрало. Чем он им наперчил, Бог весть, не нашего ума дело.

Попробовал прикинуть, сколько могут дать деньжонок и как ими распорядиться. Прикупить домик где-нибудь на Охте? Или лучше в процентные бумаги вложить? А на покой рано. Теперь, когда с *историйкой* покончится, можно будет не за страх служить, а за совесть — в смысле, за настоящее вознаграждение. Станут скупиться — вот им Бог, а вот им порог. На первоклассного мастера деликатных дел заказчики всегда сыщутся. Вот если б, к примеру, за палестинские мытарства по полной таксе брать — со всеми морскими плаваниями, пустынными блужданиями и прочими страстями — сколько бы это можно заломить?

В голове у Якова Михайловича затеснились нули, но в единую колбасу сложиться не успели, потому что монашкин хантур свернул с широкой дороги на мост и сразу исчез в узком переулке.

Нужно было сокращать дистанцию.

И опять Яков Михайлович не сплоховал — не попёрся в переулок, а отъехал по дороге чуть дальше. Угадал, что конные прогулки закончились, дальнейшее передвижение будет на своих двоих.

Соскочил на землю, шлепнул бет-кебировскую кобылку по крупу: ступай, куда пожелаешь, эквинус. Спасибо за службу, больше не нужен. Двуколку можешь забрать себе.

Осторожненько высунулся из-за угла.

Арап состоял при лошадях, монашка отсутствовала. Однако через минутку-другую появилась и она, вышла из какой-то калитки и направилась к своему Салаху. Переговорили о чем-то, да и спустились ниже по склону, а хантур поместили в тень, где его стало совсем не видно.

Эге, смекнул Яков Михайлович. Никак засада?

Нуте-с, нуте-с.

Кисть так и зудела — очень требовалось похрустеть суставами, но производить звуки сейчас было нельзя.

Путника он заметил раньше, чем те двое.

Высокий, тощий человек шел по лунной дорожке, стуча посохом.

Он, догадался Яков Михайлович и в тот же миг превратился из Нифонтова в Ксенофонтова. Прочее-последующее было проблемой технической, то есть вообще никакой не проблемой.

Он прижался к забору, выжидая, пока Мануйла свернет в переулок.

Но тут выяснилось обстоятельство, которое следовало отнести к разряду неприятных сюрпризов.

За Главным Объектом, отстав на полсотни шагов, кто-то крался. Луна как на грех зашла за тучу, и этого второго рассмотреть удалось не сразу. Видно было только, что настоящий медведище и ступает тоже по-медвежьи, вразвалку и бесшумно.

Это что еще за новости?

Конкурент?

Красться Яков Михайлович умел не хуже, чем Медведь. Пристроился сзади и по стеночке, по стеночке.

О чем Рыжуха с Медведем разговаривали, он не слыхал, но беседа была горячая. Досталось и арапу, и монашке. Однако потом они вроде договорились. Рыжая шмыгнула в калитку, а детина остался с кучером, о чем-то они промеж собой толковали.

Яков Михайлович подобрался ближе.

Разговор шел на русском. Ишь ты!

— ...Пропадет он без охранителя, — донесся приглушенный бас. — Ведь чисто дитенок малый! Как такого одного пустить?

— Я тоже хранитель, — важно отвечал арап. — Ее охраняю. Женщина! Без меня сто раз бы пропала.

— Оно конечно. Баба есть баба, — согласился Медведь.

Ах вот мы, оказывается, кто. Про то, что у Мануйлы есть телохранитель, Яков Михайлович извещен не был и оттого немножко обиделся на начальство. Это ведь, господа, не шутки, предупреждать нужно.

Весь подобрался, поджался. Техническая проблема получалась сложней, чем он думал вначале.

Вглядываясь в темноту, попытался оценить противника.

Кажется, очень силен и довольно опасен. Эту кряжистую породу Яков Михайлович знал хорошо, такого одним ударом не положишь, очень уж в них жизни много. А надо непременно сработать его аккуратно, безо всякого шума.

Арапа в расчет можно было не брать. Мужичонка хлипкий, трусоватый, на него только шикнуть. За время странствий Яков Михайлович привык к этому шебутному Салаху. Можно сказать, даже привязался. Веселый, все время белозубый рот до ушей. Во время ночевок Яков Михайлович, бывало, подбирался к хантуру поближе — послушать, как арап песни поет.

Заранее решил, что кончать его не будет. Жалко. То есть, если бы для дела, кончил бы и не задумался. Но этот заячий хвост уж точно не донесет — так получалось по психологии, науке, к которой Яков Михайлович относился с большим уважением.

От арапа требовалось одно: чтобы не заорал. Тоже, между прочим, задачка.

Вот именно. Задачка с двумя неизвестными: как заткнуть рот арапу и как уложить Топтыгина — само собой, в полной бесшумности.

Подумал-подумал с полминутки и придумал.

Попятился вниз, до угла. Там, на дороге, подобрал палку — похоже, спица от большого тележного колеса, аршина в полтора. Кончик расщепился, вот и бросили. Как раз то, что надо.

Обратно в переулок Яков Михайлович вошел прихрамывая. Плечи согнул, невнятно забормотал под нос. Еле шел, опираясь на палку. Кто такого калеку убогого напугается?

Медведь с арапом тем не менее обернулись и смотрели на ночного прохожего настороженно.

Яков Михайлович подковылял ближе, сделал вид, что только сейчас их приметил. Испуганно ойкнул — мол, не лихие ли люди?

Подхромал совсем вплотную, поклонился. Левой рукой оперся на палку, правую, как по-местному полагается, приложил к груди и ко лбу.

Сказал арапу писклявым, жалобным голосом:

— *Джамаль ли валлахи ибн хуртум?*

О чем спрашивал, и сам не знал, потому что слова никакого смысла не имели, но русскому Топтыгину должны были показаться арабским наречием.

Медведище, услышав тарабарщину, плечи приспустил — не усмотрел в ночном туземном инвалиде угрозы-опасности.

Зато Салах белиберде изумился.

— *Эйш?*

Яков Михайлович снова ему поклонился, медленно, а вот распрямился резво-резиново и костяшками пальцев арапу под основание носа — хрясь! Двинул сильно, но не чрезмерно, а то носовая косточка в мозг войдет, и человеку хана.

У Салаха из ноздрей кровь так и брызнула, а сам опрокинулся навзничь и лежит. Причем молча, без звука, как следовало.

Ни на миг не задерживая винтового движения, Яков Михайлович повернулся к Медведю.

Тот лишь и успел, что рот разинуть. У топтыгиных, кого природа-матушка наделила богатырской статью, в восприятии есть некоторая замедленность, по-научному называется «реактивная ретардия». Но это только в самую первую секундочку, так что сильно обнадеживаться насчет ихней ретардии не стоит. Раз, еще в ссыльно-поселенческую пору, после каторги, Яков Михайлович видел, как мишка на реке рыбу ловит. Куда там рыболову с острогой! С косолапым зевать ни-ни, порвет — чихнуть не успеешь.

А Яков Михайлович и не зевал. В изумленно разинутую пасть ткнул концом палки — так вогнал, что только зубы хрустнули. Это чтоб не заорал.

В левом рукаве у Якова Михайловича имелся удобный ножик, финской работы, на специальном пружинном ходу. Выщелкнул лезвие и ударил — да не в сердце, потому что такого детину пыром в сердце не успокоишь, и не в горло — хрипеть и булькать станет. Ударил в подвздошье, где в утробе крик рождается.

Сделал дело — и отскочил шагов на пять, чтоб не угодить в мертвую хватку растопыренных лапищ.

Топтыгин изо рта палку выдрал, отшвырнул. Кровища так и полилась на бороду.

Разинул пасть, а крикнуть не может — воткнутая в подвздошье железка не позволяет. Тут, как и было рассчитано, Медведь сам себя погубил. Всякому охотнику известно: поддетый на рогатину топтыгин непременно ее из себя выдерет и тем самым рану распотрошит. Вот и этот вырвал. Если б оставил нож торчать, жизнь из него еще не скоро бы вылетела. А он, дурень, схватился за рукоятку, закряхтел, да и выдернул. Пошел на Якова Михайловича, шатаясь. Тот ступил назад шажок, другой, третий, а больше не понадобилось. Ноги у детины подломились, рухнул на колени. Постоял так, раскачиваясь взад-вперед, будто молился своему медвежьему богу, — и бух лицом вниз.

Уф!

А тем временем очухался арап. Приподнялся на локте, рукой расквашенный нос затыкает, шмыгает.

Яков Михайлович, благостный от хорошо исполненного дела, нагнулся к нему и тихо сообщил:

— Я сейчас пойду, тех двоих тоже убью. Ты как сам, жить-то хочешь?

Салах кивнул, сверкая белками выпученных глаз.

— Живи, я не возражаю, — позволил Яков
Михайлович. — Катись отсюда подобру-поздорову.
И чтоб никому. Понял?

Тот быстро встал на четвереньки.

— Давай-давай, — похлопал его по плечу великодушный человек.

— Она мой невеста! — сказал вдруг арап.

— Что?

Якову Михайловичу показалось, что он не так
слышал.

Арап же, тихо взвизгнув, обхватил своего бла-
годетеля вокруг коленок и попытался свалить наземь. Это было до того неожиданно, что Яков Михайлович и в самом деле чуть не грохнулся.

Ошибся, выходит, в человеке. Неправильную
определил ему психологию.

Если уж такой герой, лучше бы заорал во всю
глотку, вот тогда, действительно, было бы ослож-
нение, а за коленки хватать — это что ж.

Яков Михайлович стукнул неблагодарного кулаком по темени, а когда тот зарылся носом в землю, припечатал ногой пониже затылка, только хру-
стнуло.

На будущее дал себе зарок: больше никаких пси-
хологий-милосердий. Тоже еще доктор Гааз выис-
кался.

За калиткой оказался какой-то пустырь с не-
сколькими кривыми деревьями. Кому только пришло в голову огораживать бесполезный участок
хорошим забором?

Яков Михайлович сразу увидел, что здесь никого нет, однако не растерялся. Обежал по периметру, выискивая другой выход. Второй калитки либо двери не нашел, зато обнаружил отодвинутую доску. Здесь-то они, голубчики, и пролезли, более негде.

Пробежал через монастырский двор, оказался на уходящей вверх улочке. Там упал, прижался ухом к земле.

Звуки шагов доносились справа. Туда и кинулся.

Вон они, драгоценные. Тень повыше — это Мануйла, а рядом еще одна, женская, метет землю подолом.

А вот и я, милые мои объекты, ваш Ксенофонтов.

Рука потянула из кармана револьвер. Нечего мудрить, место прямо идеальное — ни души вокруг, ни огонечка. И церемониться нечего. Кто тут будет следствия затевать?

Догнать, бах ему в затылок, бах ей. Потом еще по разу, для верности.

И все же Яков Михайлович не спешил.

Во-первых, длил мгновение, которое, как сказал великий литератор, было прекрасно.

А во-вторых, стало интересно, куда это они карабкаются. Что им там понадобилось, на вершине Масличной горы?

Пророк и монашка свернули в какой-то двор.

Яков Михайлович через забор увидел, как Мануйла разгребает кучу мусора, и взволновался: неужто клад? Даже вспотел от такой мысли.

Потом оба — и Малахольный, и Рыжуха — исчезли в яме.

Очень любезно с их стороны, одобрил Яков Михайлович. Потом яму опять мусором присыпать, и всё шито-крыто будет.

Полез в дыру, на горящий внутри огонек.

Оружие держал наготове.

Мануйла заметил выплывшего из тьмы Якова Михайловича, уставился поверх Рыжухиной макушки. А монашка ничего — как стояла спиной, так и осталась.

Нервно провела пальцами пониже уха, спросила дрожащим голосом:

— Вы были... *там?*

Часть третья
ТАМ

XVI

ЕВАНГЕЛИЕ ОТ ПЕЛАГИИ

Письмо с того света

Сначала пришло телеграфное сообщение, письмо потом.

Служебная депеша, присланная в канцелярию заволжского губернатора из Министерства юстиции, с телеграфно-лаконичным прискорбием извещала, что действительный статский советник Бердичевский скоропостижно умер в Санкт-Петербурге от разрыва сердца.

В первый миг возникла слабая надежда, что это недоразумение, ибо Матвей Бенционович был всего лишь статским советником, а не «действительным», но за первой телеграммой последовала и вторая: о том, что тело отправлено таким-то поездом на казенный счет и прибудет на ближайшую к Заволжску железнодорожную станцию тогда-то.

Ну, поохали, поужасались, многие и поплакали, потому что в Заволжске у новопреставленного было немало доброжелателей, не говоря уж об обширном семействе.

К вдове Марье Гавриловне, которая не плакала, а лишь повторяла: «Да нет же, нет, нет, нет!» и, как заведенная, всё мотала головой, приставили лучшего доктора. Сироток временно забрала к себе губернаторша, и город стал готовиться к торжественной встрече тела и еще более торжественному с ним прощанию.

Владыка Митрофаний словно закоченел от горя. Слезного облегчения ему, как и вдове, Бог поначалу не дал. Архиерей расхаживал по своему кабинету, сцепив за спиной белые от судорожного сжатия пальцы, и лицо у него было такое, что челядь заглядывала через щелочку и тут же пятилась. Полночи прометался сраженный горем епископ, а перед рассветом сел к столу, упал головой на скрещенные руки и наконец разрыдался. Хорошее было время — сумрачное, глухое, так что никто этой его слабости не видел.

Утром преосвященному сделалось плохо. Он задыхался и хватался за сердце. Испугались, не приключится ли и с ним, по примеру любимого крестника, разрыва сердечной мышцы. Секретарь отец Усердов бегал советоваться к викарию — не соборовать ли. Но вечером с парохода принесли письмо, прочитав которое Митрофаний задыхаться перестал, сел и спустил ноги с кровати.

Перечел. Потом сызнова.

На конверте корявым почерком, с ошибками, было накалякано: «Город Заволжск Заволжской же губерни архерею Митрофану скорей и штоб сам прочол а боле никто» — потому, собственно, и принесли больному, что «скорей» и «боле никто».

Внутри мятый листок. На нем рукой Бердичевского написано: «48-36, отправь эту записку почтой, сверхсрочным тарифом по адресу: Заволжская губерния, город Заволжск, архиерею преосв. Митрофанию в собств. руки». Что означает это загадочное обращение, почему оно выведено печатными буквами и в каком смысле «48-36», Митрофаний не понял, но было ясно, что послание чрезвычайной важности и, возможно, содержит разгадку петербургского несчастья.

Владыка так внимательно разглядывал малосодержательную записку, что не сразу догадался повернуть листок другой стороной.

Там-то и оказалось само послание, вкривь и вкось написанное уже не печатными буквами, а лихорадочной скорописью.

«Буквы скачут — пишу в коляске. Хорошо, что дождик — закрыл верх, и не видно. Пелагия в опасности. Спасайте. Кто виновник знаю, но вам знать не нужно, и не пытайтесь. Поезжайте к ней, увезите как можно дальше, на край света. Сам больше ничего не смогу. Следят и, конечно, будут следить. Пускай. Я придумал отличную комбинацию. «Этюд Бердичевского» — с жертвой фигуры в об-

мен на надежду спасти безнадежную партию. За
семью не прошу. Знаю, и так не оставите. Про-
щайте. Ваш сын Матвей».

Тут владыке оказалось довольно и одного про-
чтения. Он не стал ни гипотезировать, ни вдумы-
ваться в смысл не слишком-то вразумительного
письма, а воспринял его как прямое и ясное указа-
ние к действию. В преосвященном пробудился бывший кавалерийский офицер: когда горн трубит «в
атаку» и началась сабельная сшибка, не до рассуж-
дений — слушайся лишь своего инстинкта да беше-
ного тока крови.

Слабости как не бывало. Епископ вскочил с по-
стели, зычно кликнул келейников и секретаря.

Минуту спустя архиерейское подворье превра-
тилось в пробудившийся вулкан. Один келейник
скакал на пристань, заказывать паровой катер до
Нижнего. Другой сломя голову бежал на телеграф
бронировать железнодорожный билет от Нижнего
до Одессы и каюту на скоростном морском пароходе. Третий был отправлен к губернатору с наскоро
писанной запиской, которой Митрофаний извещал,
что должен срочно уехать и что отпевать Бердичевского будет викарий. Бог весть, что должны были
подумать его превосходительство и все заволжское
общество по сему поводу, но преосвященного это
сейчас совершенно не занимало.

Отдав вышепоименованные распоряжения, владыка занялся одеванием и спешными сборами в

дорогу. Усердов же, улучив минутку, когда архиерей уединился в гардеробной комнате, не совладал с любопытством — стянул со стола пись-
мецо, от которого с Митрофанием свершилась
такая чудодейственная перемена. Записка от по-
койника чрезвычайно заинтересовала отца Серафима — до такой степени, что секретарь даже
решил сделать списочек себе в книжицу. Увлек-
шись этим занятием, архиереев письмоводитель
не услышал, как в кабинет вернулся преосвященный, уже в дорожной рясе, но пока еще необу-
тый, в одних чулках.

Когда Усердов обнаружил, что застигнут, лицо
его исказилось от страха, побледнело. Он попятился от бесшумно подступавшего к нему епископа, затряс головой, но не смог вымолвить ни
слова.

— Ах вот оно что, — зловеще протянул Митрофаний. — Мы с Матюшей голову ломали, откуда
наши секреты делаются известны зложелателям, а
это всё ты, Иуда. И про сапожный след донес, и про
Палестину. Кому служишь? Ну!!!

Это самое «Ну!!!» владыка гаркнул так, что заз-
венела люстра, а секретарь бухнулся на колени. Его
замечательно красивое лицо сейчас было не особенно хорошо.

— Говори, паскудник!!!

Секретарь молча ткнул дрожащим пальцем в
потолок.

— Начальству? Из карьерных видов? Знаю, епископом хочешь стать, оттого и не женился. Кому доносительствуешь? В Охранку? В Синод?

Преосвященный взял трепещущего Усердова за шиворот, тот зажмурился и наверняка выдал бы свой секрет, но Митрофаний разжал пальцы.

— Ладно. Матюша не велел допытываться — не буду. Он министерская голова, зря не запретит. А это тебе напоследок мое пастырское благословение.

Коротко размахнулся — точь-в-точь как много лет назад, во времена юнкерских драк — и двинул отца Серафима по физиономии, да безо всякого символизма, а самым убедительным образом, так что нос хрустнул и съехал набок.

Бедняга повалился на ковер, залившись кровью.

Будет епископом, мельком подумал Митрофаний, направляясь к выходу. Непременно будет. Только с кривым носом.

В прихожей ждал келейник с наскоро собранным чемоданом. Преосвященный размашисто перекрестился на висевшую против входа икону особо почитаемого им святого — апостола Иуды Фаддея, утешителя отчаявшихся и покровителя безнадежных начинаний. Схватил посох, широкополую дорожную шляпу и выбежал во двор, где уже томилась запряженная четверка.

С тех пор как принесли письмо, не минуло и получаса.

Владыка читает еще одно письмо и видит два сна

Двумя днями позднее, перед тем как сесть на одесский пароход, Митрофаний отбил телеграмму отцу архимандриту, в иерусалимскую миссию: известно ли его высокопреподобию о местопребывании и здравии паломницы Лисицыной?

Успел получить ответ. Архимандрит докладывал: да, была такая, остановилась в гостинице, однако уже восемь дней, как отъехала в неизвестном направлении, и с тех пор не объявлялась, хотя ее вещи по-прежнему в комнате.

Митрофаний заскрипел зубами, но отчаиваться себе запретил.

Все пять дней, пока пароход плыл до Яффы, молился. Никогда еще, кажется, не предавался этому занятию столь продолжительное время, почти вовсе без перерыва.

Богомольцы толпились у окна каюты, взирали на кладущего земные поклоны епископа с почтением. Меж ними даже возник уговор — не докучать святому человеку личными просьбами о благословении, пускай благословит всех разом, перед высадкой.

На восьмой день после отъезда из Заволжска преосвященный был уже в Иерусалимской православной миссии. Сразу же направился в канцелярию, узнать, не вернулась ли духовная дочь.

Как же, сказали ему. Была, на следующий же день после запроса вашего преосвященства. Мы немедля отправили в Одессу повторную телеграмму, да, видно, она вас уже не застала.

— Слава Тебе, Господи! Где Пелагия? — вскричал Митрофаний, у которого от облегчения чуть не подкосились ноги. — Здорова ли?

Не можем сказать, отвечают. Саму ее никто из наших не видел. Однако в прошлую субботу из гостиницы от госпожи Лисицыной приходил мальчишка-рассыльный и принес пакет для вашего преосвященства. Назавтра отец архимандрит послал к постоялице сообщить, что владыка Митрофаний тревожится о ее здравии, но Лисицыной в нумере не было. И впоследствии застать ее ни разу не удалось, сколько ни посылали.

Поняв, что больше ничего не добьется, владыка сослался на усталость после долгой дороги и уединился в покоях, предназначенных для особенно почетных гостей. Не сняв даже шляпы, сел за стол и трясущимися руками вскрыл конверт.

Увидел целую стопку листков, исписанных знакомым почерком. От волнения уронил пенсне и крест-накрест разбил правое стеклышко. Так и читал, через распятие трещин.

«Владыке Митрофанию света, силы, радости.

Надеюсь, что Вам не придется читать это письмо. Или, наоборот, надеюсь, что прочтете? Сама не знаю. Но, если Вы его прочтете, это будет означать, что всё правда, а этого быть никак не может.

Плохо начала. Только Вас запутала. Простите.

А еще простите за обман, за то, что воспользовалась Вашей доверчивостью. Вы отправили меня в дальнее богомолье, желая укрыть от опасности, я же утаила, почему из всех мест выбрала именно Святую Землю. Не за покоем и миром отправилась я в Палестину, а чтобы довести до конца начатое дело. Правду Вы сказали тогда: нет во мне монашеского таланта — смиренно Бога за людей молить. Из всех Христовых невест я самая непутевая. Но про невесту я в конце напишу, пока еще не время.

Как Вы помните, меня трижды пытались убить: раз в Строгановке, да два раза в Заволжске. И когда стала я об этом думать, сделалось мне ясно, что сама по себе никаким могущественным злодеям я до такой степени ненавистна быть не могу. Не с чего. Стало быть, не во мне дело. А в чем тогда? Или в ком?

С чего всё началось? С убийства некоего мнимого пророка, да и впоследствии события так или иначе были связаны с пресловутым Мануйлой. Что он за человек, мне было непонятно, однако я видела, что одни люди хотят его убить, а другие защитить, причем первые явно сильнее и своего рано или поздно добьются. Что же до меня, то я в этой истории вроде несчастной Дурки — попалась у них на пути и чем-то им помешала. Вот они и вознамерились убрать меня, как убирают камень с дороги, чтоб более об него не спотыкаться. Никакого иного интереса для врагов Мануйлы я представлять не могу.

Как Вы знаете, мне не раз доводилось расследовать убийства, но разве не стократно важнее *не дать убийству свершиться?* И если ты думаешь, что это тебе под силу, разве не смертный грех бездействовать? Если я и солгала Вам умолчанием, то лишь из боязни, что, узнав всю правду, Вы нипочем меня не отпустили бы.

И была еще одна причина, помимо спасения Эммануила (теперь мне больше нравится звать его так). Нас с ним связывает известное Вам удивительное происшествие, случившееся в пещере. Происшествие, которому я не могла найти объяснений, а между тем оно всё не давало мне покоя. Эммануил был в той же самой пещере, по словам деревенских, он вообще *оттуда взялся.* Так, может быть, он разъяснит мне эту тайну?

Ясно было две вещи.

Во-первых, что искать этого пророка или лжепророка (не мне о том судить) нужно в Святой Земле. Он то ли уже там, то ли вот-вот туда прибудет — об этом говорили «найденыши», да и Шелухин, псевдо-Эммануил, направлялся в Палестину неспроста.

И, во-вторых, что искать Эммануиловых ненавистников нужно среди тех, кто плыл вместе с нами на пароходе «Севрюга». (Сразу скажу, что второй вывод оказался не вполне верным, но выяснила я это, лишь пропутешествовав по Иудее, Самарии, Галилее и Идумее.)

Перечень подозреваемых у меня составился так.

Чье задание мог выполнять бывший жандарм Рацевич, рассуждала я.

«Варшавские воры», о которых говорил Матвей Бенционович, исключаются. Грабители, даже самые изощренные, не стали бы истреблять меня столь затейливо и настырно. А уж чтоб им до такой степени мешал какой-то проповедник, тем более невообразимо.

Но вот полоумным человеконенавистникам, которые именуют себя «Христовыми опричниками», вероучитель, уводящий русских людей от православия в «жидовствование», может казаться лютым и опасным врагом.

То же касается и противного лагеря — фанатичных сторонников обособленного иудаизма, которые смотрят на Эммануила как на злого шута, глумящегося над их верой.

Еще на пароходе была компания сионистов, весьма решительных молодых людей, которые подозревали Эммануила в связи с Охранным отделением. Хорошо известно, что среди сторонников идеи еврейского государства попадаются люди одержимые, готовые идти на крайности ради скорейшего достижения своей цели.

Впоследствии, когда я уже находилась здесь, в Палестине, у меня возникла еще одна версия, но в нее я посвящать Вас не буду, чтобы не приводить в смущение, тем более что она, как и предыдущие, оказалась несостоятельной.

Руководствуясь перечнем подозреваемых, я составила план действий и по сошествии с корабля немедленно приступила к осуществлению. Меня подгонял страх, что могущественные враги Эммануила отыщут его раньше и я опоздаю.

Первым делом я направилась в Иерусалим...»

Владыка стал читать, как Пелагия одну за другой проверяла и отметала свои версии, одновременно сокращая временну́ю дистанцию, отделявшую ее от неугомонного пророка, которому никак не сиделось на месте.

С Митрофанием происходило что-то странное. Он с самого начала находился в сильнейшем волнении, которое с каждой страницей всё усугублялось. Руки дрожали сильней и сильней, так что в конце концов пришлось положить листки на стол и придавить очешником. По лицу преосвященного стекал пот, но он этого не замечал. Лишь рассеянно снял шляпу, положил рядом. Потом ненароком спихнул ее локтем на пол и тоже не заметил.

Наконец, нервное возбуждение достигло предельной точки и обратилось в свою противоположность. У владыки закружилась голова, неудержимо заклонило в сон.

Один раз, много лет тому назад, будущий епископ, а в ту пору командир эскадрона, видел, как в сражении под Балаклавой прямо на наблюдательном пункте уснул генерал, командовавший войсками. Сидел перед складным столиком сосредоточенный и напряженный, смотрел в подзорную трубу, отдавал приказания и вдруг, в самый решительный момент боя, сомлел — опустил голову на скрещенные руки и уснул. К нему кинулись перепуганные адъютанты, а начальник штаба, старый и опытный воин, сказал: «Не трогайте. Это сейчас пройдет». И в самом деле, пять минут спустя генерал пробудился бодрым и, как ни в чем не бывало, продолжил руководство сражением.

То же случилось сейчас с Митрофанием. Строчки расплелись в длинную узловатую нить, и эта нить утянула архиерея в темноту. Мгновение назад еще читал, а тут вдруг поник головой, приложился правой щекой к лежащему на столе локтю и сразу погрузился в глубокий сон.

Преосвященному один за другим приснилось два сна.

Первый был сладостный.

Митрофаний узрел перед собой Господа Бога в виде некоего сияющего облака, и облако сказало ему звенящим голосом: «На что Мне, архиерей, твои постные моления? На что Мне монашество и монахи? Глупость одна и досада. Любите друг друга, человеки, муж жену, а жена мужа, вот и будет Мне наилучшая от вас молитва».

И сразу после того оказался Митрофаний в каком-то доме. Дом был на берегу озера, вдали виднелись горы, снизу синие, а поверху белые. Светило солнце, в саду на ветвях свисали тяжелые яблоки, и тихий женский голос напевал колыбельную песню. Митрофаний обернулся и увидел детскую кроватку, а рядом с ней Пелагию, но не в рясе и апостольнике — в домашнем платье, и бронзовые волосы распущены по плечам. Пелагия взглянула на Митрофания и ласково улыбнулась, а он подумал: «Что же я, столько лет потратил зря! Если бы Облаку заговорить со мной раньше, когда я был моложе! Но ничего, я пока крепок, мы еще долго будем счастливы».

Тут он перевернулся с правой щеки на левую, и от этого ему стал сниться совсем другой сон.

Будто бы проснулся он и читает письмо своей духовной дочери дальше (хоть на самом деле никакого пробуждения еще не было). Сначала читает глазами, а потом вроде как уже не читает, а слушает — и не бумага перед ним, а сама Пелагия.

«Нет меня больше среди живых, — шепчет ее голос. — На Земле ты меня больше не увидишь, потому что я теперь пребываю в Жизни Вечной. Ах, до чего же здесь хорошо! Если б вы, живые, про то знали, то нисколько бы не боялись умереть, а ждали бы смерти с радостным нетерпением, как ребенок ожидает Рождества или Дня ангела. Бог совсем не такой, как учит церковь, он добрый и всё-всё понимает. Вы, глупенькие, нас жалеете и по нам плачете, а мы жалеем вас. Очень уж вы мучаетесь, очень уж всего боитесь».

Спящий теперь не только слышал голос Пелагии, но видел и ее саму. Она была окружена сиянием — не таким ярким, как Бог-Облако, но зато

радужно-переливчатым, отрадным для глаз. «Что
же мне делать? — вскинулся Митрофаний. — Я к
тебе хочу! Надо умереть — я пожалуйста, это пустяки. Только возьми меня к себе!» Она тихо рас-
смеялась, как мать лепету несмышленыша: «Бы-
стрый какой. Так нельзя. Ты живи, сколько тебе
полагается, и не бойся: я буду ждать. У нас ведь
здесь времени нет».

От этих слов на душе у Митрофания сделалось
спокойно, и он проснулся.

Протер глаза, надел упавшее с носа пенсне.
Стал читать дальше.

Красный петух

«...Вы были там? — спросила я Эммануила и хотела добавить: «в той пещере», но в этот миг сзади
послышался шорох. Я обернулась и увидела мужчи-
ну, стоявшего сзади. Он был одет по-арабски, и в
первую секунду я подумала, что это кто-то из мест-
ных жителей, случайно увидевший, как мы спускаем-
ся в подземелье. Но круглое, толстогубое лицо не-
знакомца расплылось в насмешливой улыбке, и он
сказал на чистом русском языке: «Ну-ка, что тут у
вас, шерочка с машерочкой? Сокровище? Мне, мне
пожалуйте. Вам оно более не понадобится».

«Какое сокровище?» — пролепетала я и вдруг увидела, что в руке он держит что-то, сверкнувшее черным матовым блеском.

Поняла: вот оно — то самое, чего я так страшилась. Опоздала. Настигли, сейчас его убьют. Странно, но в ту минуту я совсем не подумала, что и меня тоже убьют, до того стало досадно на себя. Сколько дней потрачено на поиски! А ведь чувствовала, знала, что время уходит!

Круглолицый убийца нанес мне еще один удар. «Спасибо, сестрица. Нюх у тебя, как у лягавой. Вывела прямо на зверя». Когда он это сказал, сделалось мне совсем скверно. Выходит, они Эммануила благодаря мне нашли? Это я во всем виновата!

И хуже всего, что в ту ужасную минуту я повела себя позорно, по-бабьи: взяла и разревелась. Обида и стыд придавили и раздавили меня, я чувствовала себя самой жалкой тварью на всем белом свете.

«Что, нет сокровища? Жалко. Но я всё равно рад нашей встрече, чрезвычайно, — насмешничал злодей. — Покалякал бы с вами еще, да дело есть дело». И уж поднял свое оружие, готовясь стрелять, но Эммануил вдруг отстранил меня и шагнул к убийце.

«Ты зарабатываешь деньги тем, что убиваешь людей? Такое у тебя ремесло?» — спросил он безо всякого гнева или осуждения, а скорее с любопытством и даже, как мне показалось, с радостным удивлением.

«К вашим услугам». Круглолицый шутливо поклонился, словно принимая заслуженный комплимент. Он явно чувствовал себя полным властителем ситуации и был не прочь немного потянуть с исполнением своего зловещего намерения.

«Как хорошо, что мы встретились! — вскричал Эммануил. — Ты-то мне и нужен!»

Он сделал еще шаг вперед и распростер руки, будто собирался заключить душегуба в объятья.

Тот проворно отступил и поднял дуло кверху, так что теперь оно целило пророку прямо в лоб. Выражение лица из глумливого сделалось настороженным.

«Но-но», — начал было он, но Эммануил его перебил. «Ты нужен мне, а я нужен тебе! Я ведь к тебе пришел, за тобой!» «В каком-таком смысле?» — вовсе озадачился убийца. Я с ужасом ждала — сейчас выстрелит, сейчас! Эммануил же на оружие вовсе не смотрел и, по-моему, нисколько не боялся. Сейчас, задним числом, я думаю, что это было поистине диковинное зрелище: безоружный подступает к вооруженному, а тот всё пятится, пятится мелкими шажками.

«Несчастней тебя нет никого на свете. Твоя душа на помощь зовет, потому что Дьявол в ней совсем Бога задавил. Хорошее в душе — это и есть Бог, а злое — Дьявол. Разве тебе в детстве не говорили?» «А, — оскалабился убийца. — Вот оно что. Проповедь. Ну, это не по адресу...»

Я услышала щелчок взводимого курка и вскрикнула от ужаса. Эммануил же как ни в чем не бывало обернулся ко мне и говорит: «Смотри, сейчас я покажу тебе его детское лицо».

Я не поняла, что он имеет в виду. Не понял и палач.

«Что покажешь?» — переспросил он, немного опуская дуло, и его маленькие глаза недоуменно моргнули. «Твое детское лицо, — увлеченно сказал пророк. — Знаешь, каждый человек, в любом возрасте, сохраняет свое первое лицо, с которым входил в мир. Только это лицо бывает трудно разглядеть. Ну как тебе объяснить? Вот встречаются два однокашника, которые не видели друг друга тридцать или даже пятьдесят лет. Случайно. Смотрят друг на друга — и узнают, и называют прежними смешными прозвищами. Их старые лица на мгновение становятся такими, какими были много лет назад. Детское лицо — оно и есть самое настоящее. Оно никуда не девается, просто с годами прячется под морщинами, складками, бородами...»

«В другое время с удовольствием поболтал бы с таким интересным собеседником, — опомнился убийца, прерывая речь Эммануила. — А теперь отвернись».

С этим ужасным человеком что-то произошло, внезапно поняла я. Он уже не может выстрелить в пророка, глядя ему в глаза. И мысленно воззвала к Эммануилу: «Не молчи, говори еще!»

Но тот, как назло, умолк.

Медленно поднял руку ладонью вперед, провел ею слева направо, и случилось чудо.

Убийца вдруг замер, рука с пистолетом опустилась, а взгляд завороженно уставился в раскрытую ладонь.

Я читала про гипноз и чудом его не считаю, но здесь произошло истинное чудо, прямо у меня на глазах.

Облик этого человека стал меняться. Одутловатые щеки поджались, нос сделался чуть более вздернутым, морщины разгладились, и я увидела лицо мальчишки —

круглое, смешное, доверчивое лицо семилетнего слад-
коежки и маменькиного сынка.

«Яша, Яшечка, что же ты с собой сделал?» — сказал
Эммануил тонким голосом, похожим на женский.

По лицу убийцы пробежала судорога, и странное
видение исчезло. Это опять была морщинистая физиономия трудно и грешно пожившего мужчины, но глаза
остались широко раскрытыми, детскими.

Он махнул на Эммануила рукой, по-прежнему сжи-
мавшей оружие. Махнул и второй, пустой — словно хотел отогнать призрак или наваждение.

Потом развернулся и опрометью бросился вон из
склепа.

«Он не вернется, чтобы убить нас?» — спросила я,
потрясенная увиденным. «Нет, — ответил Эммануил. — У
него теперь будет чем заняться и без нас».

«Откуда вы знаете его имя? — спросила я еще. — Его
в самом деле зовут «Яша»?»

«Так я услышал. Когда я смотрю в лицо человека, я
многое слышу и вижу, потому что готов видеть и слышать. Это очень интересный человек. Совсем-совсем
черный, а все-таки с белым пятнышком. Так не бывает,
чтобы в человеке не было хотя бы крошечного белого
пятнышка. У белых-пребелых то же самое, хоть капель-
ка черная, да есть. Без этого Богу неавантажно».

Он так и сказал — «неавантажно».

Я не в силах передать его своеобразную манеру
изъясняться и потому сглаживаю ее, а между тем речь
Эммануила чрезвычайно колоритна. Начать с того, что

он очень смешно картавит. Говорит гладко, но любит к месту и не к месту вставлять книжные слова — знаете, как крестьянин-самоучка, читающий запоем всё подряд и понимающий прочитанное по собственному разумению.

В первые минуты после того, как убежал страшный человек, я была не в себе, лепетала всякий бабий вздор. Например, спрашиваю: «Неужто вам не страшно было вот так на оружие идти?»

Он ответил смешно: «Я привык. Такая у меня оккупация, с мизераблями разговаривать».

Как ни странно, я его поняла. Слово «оккупация» в значении французского occupation* он, должно быть, вычитал в какой-нибудь книге восемнадцатого столетия, «мизерабли» же несомненно пленили его красотой звучания.

«Хорошим людям, — сказал он далее, — я не нужен, а плохим («мизераблям») нужен. Они опасные и поранить могут, но что ж тут поделаешь? К ним входишь, как укротитель в клетку ко льву. — Тут Эммануил вдруг оживился, глаза заблестели. — Это я в Перми видел, в цирке Чинизелли. Какой храбрый человек укротитель! И какой красивый! Лев пасть разевает, зубы — как ножи, а укротитель только усы поправил и кнутом щелк!»

И забыл про мизераблей, стал взахлеб рассказывать про циркового дрессировщика, а я смотрела на него, увлеченно жестикулирующего, и не знала, что думать, вновь охваченная сомнением.

---

* Занятие, профессия *(фр.)*.

Теперь, когда я рассказала Вам, как Эммануил совладал с убийцей, и Вы поняли, что это человек поистине незаурядный, пришло время коснуться темы, которую до сего момента я обходила, чтобы не вызвать Вашего возмущения.

Помните, как, повествуя о своей поездке в Содом, я написала: «Стоило мне услышать слова «пятница» и «сад», как всё сразу встало на свои места. Я поняла, где и когда найду Эммануила. Моя гипотеза подтвердилась».

Так вот, о гипотезе — настолько несуразной, что я осмеливаюсь изложить ее только теперь.

Сейчас, сейчас. Соберусь с духом.

Итак.

А ЧТО, ЕСЛИ ЭТО ВТОРОЕ ПРИШЕСТВИЕ?

Так и вижу, как гневно взметнулись Ваши косматые брови, и потому спешу поправиться.

Нет, я, конечно, не думала, что «пророк Мануйла» — это Иисус, два тысячелетия спустя вновь посланный к людям. Но что, если этот человек искренне верит, что он — Христос?

Весь образ его жизни, все его слова и дела, самое имя (Вы, конечно, помните, что нареченное имя Спасителя — Эммануил) подталкивали меня к этой мысли.

Не проповедник, проникшийся Иисусовой правдой, а человек, *который ощущает себя Мессией* и оттого преспокойно перекраивает законы и основы христианства, как это сделал бы и Иисус, Который Сам Себе законодатель и преобразователь.

За дни странствий по Святой Земле я так свыклась с этой фантастической гипотезой, что временами стала закрадываться кощунственная мысль: а может быть, он и правда Иисус?

Откуда он взялся, этот «дикой татарин»? Возможно ли, чтобы вятский или заволжский мужик знал древнееврейский и арамейский языки?

Совсем уж заплутав между действительностью и фантазией, я возражала себе: если это житель древней Палестины, каким-то чудом перенесенный в Россию наших дней, не мог он за три года до такой степени овладеть русским языком. И тут же вздрагивала: это Он-то не мог? Да если это Он, то Ему под силу и не такое!

Когда я услышала, что Эммануилу во что бы то ни стало нужно в ночь на пятницу быть в некоем саду, мне сразу вспомнилась пятничная ночь, когда Спасителя предали и схватили в Гефсиманском саду.

Туда, стало быть, и лежал мой путь.

И ведь нашла я его не где-нибудь, а именно в Гефсимании!

Немного оправившись после пережитого страха, я взяла себя в руки. Прервав рассказ о льве и дрессировщике, спросила в лоб:

— Ты — Иисус Христос?

Не странно ли, что такой вопрос невозможно задать, сохранив обращение на «вы»? А ведь до этого момента я называла Эммануила, как положено по правилам вежливости.

Спросила и внутренне содрогнулась. Сейчас лицо моего собеседника исказится гримасой безумия, и я услышу лихорадочный бред больного, в мозгу которого определенное слово — в данном случае имя Спасителя — вызывает приступ маниакальности.

Вот что он мне сказал (повторяю, что передаю лишь содержание, ибо не смогу воспроизвести всё своеобразие его речи).

«Родители нарекли меня Эммануилом, что означает «с нами Бог». Именем Ёхошуа меня называли мои *шелухин*, по-русски это значит «Помощь Иеговы», а слово «Христос» я впервые услышал только здесь, у вас, и долго не догадывался, кто этот распятый бог, которому все молятся. Но когда выучился русской грамоте и прочел Новый Завет, меня как громом ударило. Многое в этой книге перепутано и пересказано неверно, там полно всяких небылиц, но чем дальше я читал, тем яснее становилось: это про меня, это я — Распятый! Я — Распятый!»

Услышав, как сердито он повторяет: «Я — 'аспятый, я — 'аспятый», я убедилась, что передо мной скорбный рассудком. Однако этот человек, пускай даже психически ущербный, все равно был мне симпатичен и интересен. Желая вернуть его разум из помутнения в ясность, я осторожно сказала: «Как же ты можешь быть Иисусом? Разве тебя распинали?»

Но от этого вопроса он пришел в еще большее возбуждение.

«Не меня, не меня! Я не сразу понял, но потом разобрался! Всё это ужасная ошибка, которой две тысячи лет!»

«Кого же распяли?» — еще мягче спросила я.

«Я не знаю. Может быть, Дидима, а может быть, Ехуду Таддая. С тех пор как я понял, что́ там произошло, я всё пытаюсь угадать, кого убили. Дидим — вылитый я, его потому так и прозвали, по-гречески это слово значит «близнец». И Ехуда Таддай тоже на меня похож, ведь он мой брат. *(Точнее, Эммануил употребил комичное в подобных обстоятельствах слово «кузен», и я вспомнила, что апостол Иуда Фаддей в самом деле приходился Иисусу двоюродным братом.)* Дидим такой отчаянный! И упрямый... Но нет, это был не он. Я очень смеялся, когда прочитал в Евангелии, как он погрузил персты в дырки от гвоздей. Именно так бы Фома-Дидим и поступил, а значит, распяли не его. Наверняка то был Ехуда, племянник моей матери. А может быть, Нафа́наил? У него тоже голубые глаза. В Иерусалиме меня мало кто знал в лицо, так что любой из *шелухин* мог выдать себя за меня... Нет, мне не угадать, кого из них казнили. Но зато я твердо знаю, кто всё это придумал — второй Ехуда, тот, что из Кериота. Он иудеянин, а они хитрее нас, галилеян. Ехуда, сын Шимона, подговорил Кифу, а тот убедил остальных. Они всегда его слушались! Знаешь, ведь это они привели меня сюда и заперли, Кифа с Ехудой».

Он показал рукой на пещеру.

Его дальнейший рассказ я передам сжато, опуская свои вопросы, его восклицания, а также мои мысли относительно достоверности описываемых событий. Будет лучше, если о правдоподобии этой истории Вы составите себе мнение сами.

Итак, если верить рассказчику, он (то есть бродячий проповедник Эммануил-Ёхошуа, живший в Палестине девятнадцать столетий назад) пришел в город Иерусалим в канун праздника Пасхи. Его сопровождали двенадцать учеников, приставших к нему во время странствий. Большинство из них были рыбаками с Галилейского моря, а прочих можно отнести к категориии «мизераблей» — очевидно, Эммануил всегда испытывал слабость к «черным людям».

В Иерусалиме, где об Эммануиле прежде слыхом не слыхивали, он, по своему обыкновению, разговаривал с разными людьми, и одни его ругали, а другие слушали со вниманием. В конце концов кто-то донес городским властям на еретика, подрывающего основы веры, и проповеднику пришлось скрываться. В ночь на пятницу он и его ученики собрались за городом, в Гефсиманском саду и держали совет, как быть. Бежать из города? Но дороги известны наперечет, и конным стражникам будет легко настигнуть беглецов.

Тогда старший из *шелухин*, Кифа, сказал: «Учитель, здесь поблизости есть место, где можно спрятаться. Ты побудешь там два или три дня, пока те, кто тебя ищет, не прекратят поиски». Кифа и еще один *шелуах* по имени Ехуда, сын Шимона, которого Эммануил назвал «очень умным и хитрым», отвели своего предводителя на вершину Масличной горы, во двор некоей бедной вдовы. Там, под землей, недавно открыли древнюю пещеру, в которой когда-то хоронили умерших, а потом перестали, потому что в склепе не осталось свободного места.

Ученики оставили Эммануилу светильник, воду, хлеб, а сами удалились. Однако через некоторое время он, охваченный раскаянием (как же он будет отсиживаться в убежище, когда *шелухин* подвергают себя опасности?), захотел вернуться в сад, и тут оказалось, что ученики завалили выход камнями.

А потом произошло что-то вроде землетрясения. Эммануил на миг потерял сознание и очнулся от того, что услышал голос девочки, которая́ повторяла непонятное слово: *«Пе-етя! Пе-етя!»* Это была строгановская Дурка, разыскивавшая своего петуха.

«Сначала я думал, что умер во время землетрясения и попал в мир мертвых, — рассказывал мне он. — Там всё не так, как в мире живых: другая природа, другие люди, другой язык, другие обычаи. И только не мог взять в толк, рай это или ад. В разное время мне казалось по-разному. То — что это несомненный рай: много деревьев, много воды, нет зноя. А иногда думал: нет, это ад. Только в аду бывает так холодно и земля становится белой и жесткой, как мертвое тело. Потом решил: не ад и не рай, а другой мир, куда попадаешь после смерти и где надо жить так же, как в прежнем мире — делать угодное Богу и одо

левать в себе Нечистого. После же, наверное, снова
умрешь, и будет еще мир, а потом еще, и еще, и так
до тех пор, пока душа не пройдет до конца весь путь,
назначенный ей Господом».

Я говорила Вам, что пережила в строгановской пещере нечто подобное. Там тоже дрожала земля и что-
то странное случилось с временем. Как сказано в одном старинном трактате, обнаруженном мной в Вашей
библиотеке: «А еще есть Пещеры, именуемые Особен-
ными, где нет проистечения времени, и человек, по-
павший туда, может сгинуть на веки вечные либо же
быть выброшен в другое время и даже в другую Осо-
бенную Пещеру».

Меня, помнится, больше всего заинтриговали эти
самые «Особенные Пещеры», где «нет проистечения
времени». Эммануила же, человека совсем иного уст-
ройства, сверхъестественность случившегося нисколько не удивила и даже не слишком заинтересовала. «У
Бога чудес много», заметил он мельком и потом почти
всё время говорил о другом — как несправедливо Еван-
гелие по отношению к его любимым *шелухин*. Эта тема
занимала его гораздо больше.

«Не предавал меня Ехуда из Кериота! Меня никто
никогда не предавал! Он придумал всю эту хитрость
(*Эммануил сказал: «эту авентюру»*), чтобы меня спасти. Пошел к первосвященнику и сказал: «Я укажу вам,
где прячется Ёхошуа из Назарета, дайте мне обещан-
ную награду». Он нарочно так сделал, чтобы они распяли другого и успокоились. И повесился потом тоже на-

рочно, чтобы никто не усомнился в его предательстве.
О, ты не знаешь, какой он был хитрый, мой Иуда! И
какой благородный! А теперь все проклинают его и плюют на его прах! Это невыносимо!

Иуда показал стражникам на одного из моих *шелухин* — на Дидима, или на второго Ехуду, или еще на
кого-то, — и тот сказал: «Да, я — Ёхошуа из Назарета»,
а остальные подтвердили. Наверное, это всё-таки был
Таддай, мы с ним оба пошли лицом и ростом в нашего
деда. Неужели они его распяли? Знаешь ли ты, что такое распятие? Это самая ужасная из казней. Даже умирать на колу менее мучительно, там жизнь вытекает вместе с кровью. А тут все приподнимаешься, приподнимаешься на носках, чтобы вдохнуть воздуха, а солнце
впивается прямо в мозг, и палач подставляет влажную
губку на копье. Ты знаешь, что пить нельзя — это только
продлит твои страдания, но сухие губы сами тянутся... И
так много часов, пока толпе и караулу не надоест. Тогда
сломают голени, чтоб ты больше не мог приподниматься,
и скоро задохнешься...»

Тут он заплакал, и мне пришлось его утешать. Он
размазывал слезы по лицу и всё повторял: «Я должен
вернуться. Я должен вернуться к своим. Но проклятая
пещера не пускает меня! Я три года ходил по стране
России. Сначала ничего не знал, не понимал, что произошло. Потом догадался, но не знал, что нужно делать. А недавно вдруг услышал голос. Это со мной иногда бывает, я слышу Голос. Его голос. *(Эммануил показал на свод пещеры.)* Голос сказал мне: «Вернись к

себе. Распяли не того, кого следовало, и из-за этого люди ничего не поняли. Хуже — они поняли всё неправильно! И почти две тысячи лет всё мучают, мучают друг друга!» И я понял: я должен вернуться и всё исправить.

Я уехал из России, я спешил попасть сюда в канун еврейской Пасхи. Мне удалось найти пещеру. Повезло, что двор заброшен и здесь никто не живет. Я долго рыл, прежде чем нашел вход — за две тысячи лет он ушел на семь локтей под землю. В ночь на пятницу я спустился в пещеру и сидел там до утра. Ничего не произошло.

В следующий четверг я решил в точности повторить весь путь из масличного сада — может быть, дело в этом. Опять ничего. Я пробовал еще несколько раз, но мое время не хотело забирать меня обратно, его ворота закрылись. Тогда я пошел ходить по родной земле — смотреть, думать и разговаривать с людьми.

А третьего дня вдруг вспомнил. Тогда ведь было полнолуние! В мои времена Пасху всегда отмечали в пятнадцатый день месяца, в полнолуние. Я вошел в пещеру как раз в ночь с четырнадцатого на пятнадцатое нисана».

Здесь Эммануил спохватился, замахал руками: «Ах, женщина, я заговорился с тобой! Что луна?»

Он бросился наружу. Я — за ним.

Луна уже зашла, и Эммануил застонал от досады. «Я упустил ее! Ну вот, всегда я так — заговорюсь с кем-нибудь...»

Издали донесся крик петуха — было уже недалеко до рассвета.

Эммануил снова заговорил, сердито: «И Кифу тоже оклеветали. Не мог он от меня трижды отречься, прежде чем пропоет петух. Что Кифа пошел в дом первосвященника, верю. Должно быть, хотел проверить, заметили ли мои гонители подмену. Но что он «исшед вон и плакася горько», не верю. Представить, чтобы Кифа плакал, заслышав крик петуха?»

И только в этот миг я наконец вспомнила. «А что значит петух? Нет, не евангельский, а другой, красный? В чем его значение?»

Он вытаращил глаза, из чего я сделала вывод, что про магические свойства красного петуха он ничего не знает и я зря морочила себе голову старинными трактатами и нелепыми гипотезами. В самом деле, какой еще петух?

Но Эммануил вдруг хлопнул себя руками по бокам и закричал так громко, что с дерева, маша крыльями, сорвалась какая-то ночная птица: «Петух! Ну конечно! Петух!» И еще добавил что-то на еврейском или арамейском.

«Что? Что?» — закричала и я, испугавшись.

«Не в полнолунии дело! — захлебываясь, стал объяснять он. — Дело в петухе! Я совсем про него забыл! Вот почему пещера меня не пускает! Ах, как я тебе благодарен, женщина! Но откуда ты узнала про петуха?»

Я ужасно заволновалась — вот сейчас, сейчас мне откроется непостижимая тайна, и от этого, быть мо-

жет, переменится весь мой взгляд на мир. Говорю ему:
«Из одной книги. Там написано, что, если в рассветный
час в Особенной Пещере закричит красный петух, человек повисает душой и телом между мирами, и его
может выбросить в другое время и место. Это в самом
деле так?»

Спросила — и замерла.

А он пожал плечами: «Про это я ничего не знаю. Но
мне нужно раздобыть петуха!» «Красного?» «Да-да, он
был красный. У тебя есть деньги?»

Я вздрогнула от неожиданного вопроса. «Есть». «Ку-
пишь мне на базаре красного петуха? У меня совсем
нет денег». «Конечно, куплю. Должно быть, значение
красного петуха очень велико?»

«Еще бы не велико! — воскликнул он. — Без него
старая Мириам просто пропадет!»

Я испугалась, что он бредит. «Кто?» «Мириам,
бедная вдова, которой принадлежит, то есть в мое
время принадлежала эта земля. Мириам держит кур
и живет тем, что продает яйца. А ее петух забрался
ко мне в склеп. Они, петухи, такие любопытные! Я
обнаружил его, только когда Кифа с Ехудой уже ушли.
Старушке без петуха нельзя! Кто будет топтать ее
кур? Теперь понятно, почему Бог не пустил меня обратно! Как Он справедлив и милосерден!»

Я переспросила: «Так в пещере с тобой был петух?
И он закричал перед тем, как задрожала земля?» «Кажется, да».

Я замолчала, пытаясь вникнуть в смысл этого диковинного явления. Не сумела. Спрашиваю: «Но что это за нелепость — красный петух? Как такое может быть?»

Эммануил улыбнулся. «Разве есть мудрец, который знает все законы, по которым устроен мир? Ну так чего ж удивляться, если Бог преподает еще один урок или являет нам новую притчу?»

«В чем же может заключаться смысл такой странной притчи?!»

Он немножко подумал и спрашивает: «Скажи, верить в чудеса глупо?»

«Нет, — ответила я. — То есть да. Я не знаю. Надеяться на то, что в жизнь вмешается чудо и решит все твои печали, глупо».

«Да, надежда на чудо — глупость, — согласился он. — И бессмыслица. Такая же, как кричащий в Особенной Пещере красный петух».

Больше мы ни о чем не говорили, потому что я вдруг ощутила неимоверную усталость и едва могла удерживаться на ногах. Должно быть, сказались потрясения этой удивительной ночи.

Мы спустились обратно в склеп и проспали там до утра. Земля была жесткой, но никогда еще я не почивала так крепко и мирно.

Когда же в отверстие проникли лучи солнца, мы отправились на городской базар покупать красного петуха.

* * *

Птицу нужной окраски мы нашли без труда — это весьма распространенная здесь порода, должно быть, выведенная не одно тысячелетие назад.

Взяли первого же красного петуха, который нам попался. Купили, не торгуясь, не присматриваясь, и покупка вышла неудачной — птица оказалась скандального нрава. Эммануилу пришлось ходить в обнимку с петухом целый день, и паскудник исцарапал ему клювом и шпорами все руки. Но мой спутник безропотно всё сносил и только увещевал красноперого разбойника. Увы, петух оказался менее податлив на речи чудесного проповедника, чем закоренелые злодеи.

Кстати, о злодеях. Один раз в уличной толпе я почувствовала на себе чей-то взгляд. Резко обернулась и увидела круглолицего убийцу по имени Яша. Он спрятался за угол, но я успела его разглядеть.

Хотела схватить Эммануила за рукав и бежать, утащить его от опасности, но круглолицый вдруг снова высунулся и приложил палец к губам.

Тогда я вспомнила Трофима Дубенко и успокоилась. Что ж, подумала я, пускай у Эммануила будет не один охранитель, а двое.

Ах, владыко, какой это был чудесный день! Если б еще не треклятый петух, изводивший нас своими подлыми выходками! Нужно было купить его не рано утром, а ближе к вечеру, и выбрать какого-нибудь характером поспокойней.

Мы разговаривали о самых разных вещах, всего в письме не изложишь. Я приведу Вам лишь несколько его суждений, особенно врезавшихся в память.

Эммануила необычайно интересно слушать, многие его мысли неожиданны и даже парадоксальны. В нем — поразительная вещь для проповедника — нисколько нет ханжества. Например, увидев публичных женщин, которые ближе к вечеру вышли на свой промысел к Сионским воротам, он завел со мной речь о физической любви, хоть и знал, что я монахиня. Сказал: в плотских ласканиях греха нет, и, наоборот, грех против Бога совершают те, кто свою плоть иссушает воздержанием. Единственно, не нужно унижать и оскорблять это радостное таинство, разменивая его на медяки. Это все равно что глумиться над другими великими таинствами — рождением или смертью. И тут же кинулся вразумлять иерусалимских блудниц, чтоб не грязнили Божью радость. Насилу я его увела от разъяренных девок, собиравшихся задать ему трепку.

Была одна тема, которой я старалась избегать, чтобы не вызвать у него нового приступа маниакальности: Иисус Христос. Но вышло так, что мы остановились напиться воды на Виа Долороза, возле деревянного изваяния Господа, согнувшегося под тяжестью креста. Эммануил долго разглядывал статую, будто примеривался к чему-то, а потом вдруг повернулся и говорит: «Знаешь, а ведь ты не первая, кто меня узнал. Был еще один человек, прокуратор».

Снова началось, мысленно вздохнула я и обреченно спросила: «Две тысячи лет назад?» «Нет, три месяца назад, в Петербурге».

То, что он рассказал мне вслед за этим, постараюсь передать как можно точнее, потому что Вы несомненно поймете, о ком идет речь.

«Прокуратор призвал меня к себе и долго говорил со мною о Боге, о церкви и разном прочем.

Прокуратор человек умный, и слушать умеет. Разговаривать с ним было приятно и интересно. Называться ему я не стал, чтобы не огорчать — у него вся комната (а это была очень большая и очень красивая комната) увешана изображениями Распятого.

Про церковь я сказал ему, что ее вовсе не нужно. И попов не нужно. Всякий должен свой путь пройти сам, и поводырем может стать любой хороший человек, а иногда даже и плохой, такое тоже бывает. И что это за ремесло такое — поп? Еще неизвестно, сам-то он хороший человек или нет. И почему только мужчины могут быть попами? Разве женщины не добрее и не самоотверженнее мужчин?

А про Бога я сказал прокуратору, что это раньше, в прежние времена, Он был очень нужен, чтобы внушать людям Божий страх. Как в семье: пока ребенок маленький и сам хорошее от дурного отличить не может, родитель должен на него воздействовать страхом наказания. Но за две тысячи лет человечество подросло, гнева Божьего бояться перестало, и теперь нужно по-другому. Не оглядываться на грозного Вседержателя, а вслушиваться в собственную душу. Там Бог, в душе, а не на небе, не на облаке. Говорю прокуратору: мол, хожу по земле, смотрю на людей и вижу, насколько они стали лучше, чем раньше. Разумнее, добрее, милосердней. Не совсем еще взрослые, но уже и не малолетки неразумные, как во времена Моисея или Иоанна Крестителя. Теперь надобен другой завет меж Богом и людьми, совсем другой.

Вдруг старик взмахнул рукой, чтоб я замолчал. Нахмурил свои густые седые брови и долго, минуту или две, всматривался в мое лицо, а потом пронзительным голосом спросил: «Это ты? Ты?!» Сам же себе и ответил: «Ты...» И я понял, что он догадался.

«Зачем ты пришел мне мешать? — говорит. — Мне и без тебя очень трудно. Ты ошибаешься насчет людей, ты ничего в них не понял. Они пока еще совсем несмышленыши, без строгих пастырей им нельзя — погибнут. Клянусь, человек слабее и ниже, чем ты думал! Он слаб и подл. Ты пришел слишком рано».

Я ему хотел объяснить, что так вышло само, но он мне не поверил. Упал на колени, руки вот так сложил и плачет. «Вернись, откуда пришел. Христом-Богом... нет, Отцом Небесным Тебя молю!» Я честно отвечаю, что рад бы вернуться, но не могу.

«Да-да, я знаю», — сказал он со вздохом.

Поднялся, прошел по комнате и говорит как бы сам себе, горько так: «Ах, душа моя, душа... Но ведь не себя ради, а за други своя...» Потом как зазвонит в колокольчик и велел меня увести. А я еще многое хотел ему сказать».

Вот Вам, владыко, и вся разгадка нашего «ребуса», как говорил Сергей Сергеевич Долинин. Да только что с нею делать, с этой разгадкой?

Я уже жалею, что написала. Вы с Вашей неустрашимостью начнете изобличать преступника, и ничего у Вас не получится, только сумасшедшим прослывете.

Молю Вас, ничего этого не нужно. «Прокуратор» думает, что на самого Божьего Сына замахнулся, и готов за то бессмертием души заплатить. Пускай заплатит. Не нам с Вами заплатит — Ему.

Ах, вечер уже! За окном совсем темно. Я за письмом просидела весь день, а еще столького не написала!

Перед тем как объяснить про самое трудное, чего сама толком не понимаю, приведу Вам еще несколько Эммануиловых речений, потому что всё время их вспоминаю.

Он поразил меня, сказав, что не знает, есть Бог или нет, *да это и не важно.* Что ж, говорит, если Бога нет, то человеку и свинствовать можно? Не дети же мы, чтоб вести себя пристойно только в присутствии взрослых.

Еще он так сказал: «Не стремись любить весь мир, на это мало у кого любви достанет. Когда желаешь возвести высокую башню, сначала сядь и вычисли, хватит ли у тебя средств, чтобы завершить строительство. А то многие сулятся любить весь мир и всех человеков, а и знать не знают, что такое любовь, даже сами себя любить не умеют. Не разжижай свою любовь, не мажь ее тонким слоем, как капельку масла по широкому блину. Лучше люби родных и друзей, зато всей душой. Если совсем мало сил — люби самого себя, но только искренне и верно. Не изменяй себе. То есть не изменяй Богу, потому что Он — твое истинное «я». И если будешь верен себе, то уже этим спасешься».

А про самое интересное мы не договорили. Я спросила его, верит ли он в загробную жизнь. Есть что-то после смерти или нет? Он удивился: «Откуда же мне знать? Вот умру, тогда и узнаю. Пока живешь здесь, надо об этой жизни думать, а не о той. Хотя, конечно, интересно помечтать. Мне кажется, что другая жизнь обязательно должна быть и что смерть телесная — это не конец человека, а как бы новое рождение. — Тут он сконфузился и говорит. — У меня про это есть даже целая гипотенуза...» «Гипотеза? — догадалась я, поняв, что он перепутал «ученые» слова. — Пожалуйста, расскажи, мне очень важно это знать!» Эммануил начал было отвечать: «Мне думается, то есть я даже почти совсем уверен, что каждая душа в момент смерти...» И в это время гнусный петух вырвался у него из-под мышки и припустил по пустырю! Пришлось его догонять, ловить. Можете вообразить: истошное кукареканье, свист и улюлюканье зевак, во все стороны летят перья. Так я и не узнала, что хотел мне открыть Эммануил про загробную жизнь.

* * *

Теперь, когда я одна, я вижу, что слишком беспечно тратила драгоценные часы, которые мы провели вместе. Много болтала сама, вместо того чтобы слушать. Иной раз заводила разговор о пустяках, а бывало, что мы и просто молчали.

Как отличается сегодняшний день от вчерашнего! Как *ненужно* всё, на что падает мой взгляд! Как сиротливо вокруг! Мир стал пустым.

Почему я отпустила его? Почему не остановила?

Я думала, он придет ко мне в гостиницу под утро, смущенный и, возможно, вразумившийся. И мы вместе посмеемся над этим дурацким петухом.

Всю минувшую ночь я не спала. Я улыбалась, предвкушая, как буду подшучивать над ним. Думала, о чем буду его спрашивать, когда он вернется.

Но он, конечно, не вернулся.

Господи, что я натворила!

А вдруг всё это правда?

Тогда он — это Он, тогда Его схватят, и будут бичевать, и наденут терновый венец, и изломают на кресте!

А я его отпустила!

Но разве смогла бы я его остановить? Он мягкий, добрый, нескладный, но остановить его невозможно. Многоумный «прокуратор» очень хорошо это понял.

Вчера ночью Эммануил вошел в пещеру с красным петухом под мышкой. И не вернулся.

Сегодня суббота.

Сначала я ждала его, потом поняла: он не придет, и села писать это письмо. Прервалась всего один раз — сходила на базар и купила красного петуха.

Теперь я опытная. Новый петух смирный и еще краснее вчерашнего. Вон он косится на меня круглым глазом и клюет с блюдца просо.

Письмо я оставлю в миссии, хотя уверена, что завтра утром придется забирать его обратно.

Все деньги, какие у меня остались, сейчас отправлю Салаху. Он, бедняга, не дождался меня той ночью. Наверное, думает, что я скрылась, не поблагодарив и не расплатившись.

Если Вы все-таки читаете письмо, пожалуйста, не считайте меня беглой монашенкой, предавшей свой Обет. Я ведь Христова невеста, за кем же мне идти, если не за Ним?

Я окажусь *там* на день позже Него. И если Он распят, омою тело слезами, умащу составом из смирны и алоя.

Не морщитесь, не морщитесь! Я не сошла с ума, просто от бессонной ночи и тревожного ожидания тянет на экзальтацию.

Я ведь всё отлично понимаю. И знаю, что произошло на самом деле.

Три года назад чудаковатый мужичок, бродяга, забрался в уральскую пещеру переночевать, а пещера была странная, где людей посещают диковинные видения, и бродяге пригрезилось нечто такое, отчего у него отшибло язык и память, и он вообразил себя Иисусом Христом. Это безусловно род помешательства, но не злого, а доброго, какое бывает у блаженных.

Так, да?

И ведь что самое поразительное: доказать и проверить что-либо в этой истории невозможно, как это и всегда бывает в вопросах веры. Как сказано в одном романе, весь мир стоит на нелепостях, они слишком нужны на земле. Если хочешь и можешь верить в чудо — верь; не хочешь и не можешь — избери рациональное объяснение. А что на свете много явлений, которые сначала представляются нам сверхъестественными, а после находят научное разъяснение, так это давно известно, хоть бы даже и на собственном нашем с Вами опыте. Помните Черного монаха?

И что вчера ночью произошло, я ведь тоже знаю.

Эммануил-Мануйла меня обманул. Решил избавиться от прилипчивой бабы, потому что любит ходить по земле один. Просто сказать «уйди от меня, женщина» не захотел — он же добрый. Оставил мне на память возможность чуда и пошел себе странствовать по земле.

Ничего со мной, конечно же, не случится. Не будет никакого перемещения во времени и пространстве. Чушь и бред.

Но все же сегодня ночью я войду в пещеру, и под мышкой у меня будет красный петух.

Содержание

ИЗДАТЕЛЬСКАЯ ГРУППА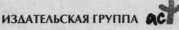

ПРИОБРЕТАЙТЕ КНИГИ ПО ИЗДАТЕЛЬСКИМ ЦЕНАМ
В СЕТИ КНИЖНЫХ МАГАЗИНОВ буква

В Москве:
- м. «ВДНХ», г. Мытищи, ул. Коммунистическая, д. 1, ТРК «XL-2», т. (495) 641-22-89
- м. «Бауманская», ул. Спартаковская, д. 16, т. (499) 267-72-15
- м. «Каховская», Чонгарский б-р, д. 18, т. (499) 619-90-89
- м. «Коломенская», ул. Судостроительная, д. 1, стр. 1, т. (499) 616-20-48
- м. «Маяковская», ул. 1-ая Тверская-Ямская, д. 8, т. (495) 251-97-16
- м. «Менделеевская», ул. Новослободская, д. 26, т. (495) 251-02-96
- м. «Новые Черемушки», ТЦ «Черемушки», ул. Профсоюзная, д. 56, 4 этаж, пав. 4а-09, т. (495) 739-63-52
- м. «Парк культуры», Зубовский б-р, д. 17, стр. 1, т. (499) 246-99-76
- м. «Перово», ул. 2-я Владимирская, д. 52, т. (495) 306-18-97
- м. «Преображенская площадь», ул. Большая Черкизовская, д. 2, к. 1, т. (499) 161-43-11
- м. «Сокол», ТК «Метромаркет», Ленинградский пр-т, д. 76, к. 1, 3 этаж, т. (495) 781-40-76
- м. «Тимирязевская», Дмитровское ш., д. 15/1, т. (495) 977-74-44
- м. «Университет», Мичуринский пр-т, д. 8, стр. 29, т. (499) 783-40-00
- м. «Царицыно», ул. Луганская, д. 7, к. 1, т. (495) 322-28-22
- м. «Щукинская», ТРК «Щука», ул. Щукинская, вл. 42, т. (495) 229-97-40
- м. «Ясенево», ул. Паустовского, д. 5, корп. 1, т. (495) 423-27-00
- М.О., г. Зеленоград, ТЦ «Иридиум», Крюковская площадь, д. 1

В регионах:
- г. Владимир, ул. Дворянская, д. 10, т. (4922) 42-06-59
- г. Екатеринбург, ТРК «Парк Хаус», ул. Сулимова, д. 50, т. (343) 216-55-02
- г. Калининград, ул. Карла Маркса, д. 18, т. (4012) 71-85-64
- г. Краснодар, ТЦ «Красная площадь», ул. Дзержинского, д. 100, т. (861) 210-41-60
- г. Красноярск, пр-т Мира, д. 91, т. (3912) 23-17-65
- г. Новосибирск, ТЦ «Мега», ул. Ватутина, д. 107, т. (383) 230-12-91
- г. Пенза, ул. Московская, д. 83, ТЦ «Пассаж», т. (8412) 20-80-35
- г. Пермь, ТЦ «7 пятниц», ул. Революции, д. 60/1, т. (342) 233-40-49
- г. Ростов-на-Дону, ТЦ «Мега», Новочеркасское ш., д. 33, т. (863) 265-83-34
- г. Рязань, Первомайский пр-т, д. 70, корп. 1, ТЦ «Виктория Плаза», т. (4912) 95-72-11
- г. Санкт-Петербург, Лиговский пр-т, д. 185, т. (812) 766-22-88
- г. Самара, ТЦ «Космопорт», ул. Дыбенко, д. 30, т. 8(908) 374-19-60
- г. Тольятти, ул. Ленинградская, д. 55, т. (8482) 28-37-68
- г. Тула, ул. Первомайская, д. 12, т. (4872) 31-09-22
- г. Уфа, пр. Октября, д.26-40, ТРЦ «Семья», т. (3472)293-62-88
- г. Чебоксары, ТЦ «Мега Молл», ул. Калинина, д. 105а, т. (8352) 28-12-59
- г. Череповец, Советский пр-т, д. 88а, т. (8202) 53-61-22

Широкий ассортимент электронных и аудиокниг
ИГ АСТ Вы можете найти на сайте www.elkniga.ru

Заказывайте книги почтой в любом уголке России
123022, Москва, а/я 71 «Книги – почтой» или на сайте: shop.avanta.ru

Курьерская доставка по Москве и ближайшему Подмосковью:
Тел/факс: +7(495)259-60-44, 259-41-71

Приобретайте в Интернете на сайте: www.ozon.ru

Издательская группа АСТ www.ast.ru
129085, Москва, Звездный бульвар, д. 21, 7-й этаж
Информация по оптовым закупкам: (495) 615-01-01, факс 615-51-10
E-mail: zakaz@ast.ru

ИЗДАТЕЛЬСКАЯ ГРУППА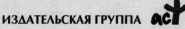

ПРИОБРЕТАЙТЕ КНИГИ ПО ИЗДАТЕЛЬСКИМ ЦЕНАМ В СЕТИ КНИЖНЫХ МАГАЗИНОВ буква

МОСКВА:

- м. «Алексеевская», Звездный б-р, д. 21, стр. 1, т. (495) 232-19-05
- м. «Алексеевская», пр-т Мира, д. 114, стр. 2 (Му-Му), т. (495) 687-45-86
- м. «Алтуфьево», Дмитровское ш., д. 163 А, ТРЦ «РИО»
- м. «Бауманская», ул. Спартаковская, д. 16, т. (495) 267-72-15
- м. «Бибирево», ул. Пришвина, д. 22, ТЦ «Александр Лэнд», этаж 0, т. (495) 406-92-65
- м. «ВДНХ», г. Мытищи, ул. Коммунистическая, д. 1, ТРК «XL - 2», т. (495) 641-22-89
- м. «Домодедовская», Ореховый б-р, вл. 14, стр. 3, ТЦ «Домодедовский», т. (495) 983-03-54
- м. «Каховская», Чонгарский б-р, д. 18, т. (499) 619-90-89
- м. «Коломенская», ул. Судостроительная, д. 1, стр. 1, т. (499) 616-20-48
- м. «Коньково», ул. Профсоюзная, д. 109, корп. 2, т. (495) 429-72-55
- м. «Крылатское», Осенний б-р, д. 18, корп. 1, т. (495) 413-24-34, доб. 31
- м. «Крылатское», Рублевское ш., д. 62, ТРК «Евро Парк», т. (495) 258-36-14
- м. «Марксистская»/«Таганская», Бол. Факельный пер., д. 3, стр. 2, т. (495) 911-21-07
- м. «Маяковская», ул. 1-ая Тверская-Ямская, д. 8, т. (495) 251-97-16
- м. «Менделеевская»/«Новослободская», ул. Новослободская, д. 26, т. (495) 251-02-96
- м. «Новые Черемушки», ТЦ «Черемушки», ул. Профсоюзная, д. 56, 4-й этаж, пав. 4а-09, т. (495) 739-63-52
- м. «Парк культуры», Зубовский б-р, д. 17, стр. 1, т. (499) 246-99-76
- м. «Перово», ул. 2-я Владимирская, д. 52, т. (495) 306-18-97
- м. «Петровско-Разумовская», ТРК «XL», Дмитровское ш., д. 89, т. (495) 783-97-08
- м. «Пражская», ул. Красного Маяка, д. 26, ТЦ «Пражский Пассаж», т. (495) 721-82-34
- м. «Преображенская площадь», ул. Бол.Черкизовская, д. 2, корп.1, т. (499) 161-43-11
- м. «Сокол», ТК «Метромаркет», Ленинградский пр-т, д. 76, корп. 1, 3-й этаж, т. (495) 781-40-76
- м. «Теплый стан», Новоясеневский пр-т., вл. 1, ТРЦ «Принц Плаза»
- м. «Тимирязевская», Дмитровское ш., д. 15, корп. 1, т. (495) 977-74-44
- м. «Тульская», ул.Большая Тульская, д. 13, ТЦ «Ереван Плаза», т. (495) 542-55-38
- м. «Царицыно», ул. Луганская, д. 7, корп. 1, т. (495) 322-28-22
- м. «Университет», Мичуринский пр-т, д. 8, стр. 29, т. (499) 783-40-00
- м. «Щелковская», ул. Уральская, д. 2
- м. «Щукинская», ул.Щукинская, вл. 42, ТРК «Щука», т. (495) 229-97-40
- м. «Юго-Западная», Солцевский пр-т., д. 21, ТЦ «Столица», т. (495) 787-04-25
- м. «Ясенево», ул. Паустовского, д. 5, корп. 1, т. (495) 423-27-00
- М.О., г. Железнодорожный, ул. Советская, д. 9 «Эдельвейс»
- М.О., г. Зеленоград, ТЦ «Иридиум», Крюковская площадь, д. 1
- М.О., г. Клин, ул. Карла Маркса, д. 4, ТЦ «Дарья», т. (496)(24) 6-55-57
- М.О., г. Коломна, Советская площадь, д. 3, Дом Торговли, т. (496)(61) 50-3-22
- М.О., г. Люберцы, Октябрьский пр-т, д. 151/9, т. (495) 554-61-10
- М.О., г. Сергиев Посад, ул. Вознесенская, д. 32А, ТЦ «Счастливая семья»
- М.О., г. Электросталь, ул. Ленина, д. 010, ТЦ «Эльград»

РЕГИОНЫ:

- Архангельск, 103-й квартал, ул. Садовая, д. 18, т. (8182) 65-00-95
- Белгород, Народный б-р, д. 82, т. (4722) 32-53-26
- Владимир, ул. Дворянская, д. 10, т. (4922) 42-06-59
- Волгоград, ул. Мира, д. 11, т. (8442) 33-13-19
- Екатеринбург, ул. Сулимова, д. 50, ТРК «Парк Хаус», т. (343) 216-55-02
- Ижевск, ул. Автозаводская, д. 3а, ТРЦ «Столица», т. (3412) 90-38-31
- Калининград, ул. Карла Маркса, д. 18, т. (4012) 71-85-64
- Краснодар, ул. Дзержинского, д. 100, ТЦ «Красная площадь», т. (861) 210-41-60
- Красноярск, пр-т Мира, д. 91, т. (3912) 23-17-65
- Курган, ул. Гоголя, д. 55, т. (3522) 43-39-29
- Курск, ул. Радищева, д. 86, т. (4712) 56-70-74
- Курск, ул. Ленина, д. 11, т. (4712) 70-18-42
- Липецк, пл. Коммунальная, д. 3, т. (4742) 22-27-16
- Мурманск, пр-т Ленина, д. 53, т. (8152) 47-20-43
- Новосибирск, ул. Ватутина, д. 107, ТЦ «Мега», т. (383) 230-12-91
- Пенза, ул. Московская, д. 83, ТЦ «Пассаж», т. (8412) 20-80-35
- Пермь, ул. Революции, д. 60/1, ТЦ «7 пятниц», т. (342) 233-40-49
- Ростов-на-Дону, Новочеркасское ш., д. 33, ТЦ «Мега», т. (863) 265-83-34
- Рязань, Первомайский пр-т, д. 70, корп. 1, ТЦ «Виктория Плаза», т. (4912) 95-72-11
- Самара, ул. Дыбенко, д. 30, ТЦ «Космопорт», т. 8-908-374-19-60
- Санкт-Петербург, Гражданский пр-т, д. 41, ТЦ «Академический», т. (812) 380-17-84
- Санкт-Петербург, ул. Чернышевская, д. 11/57, т. (812) 273-44-13
- Санкт-Петербург, Лиговский пр-т, д. 185, т. (812) 766-22-88
- Тверь, ул. Советская, д. 7, т. (4822) 34-53-11
- Тольятти, ул. Ленинградская, д. 55, т. (8482) 28-37-68
- Тула, ул. Первомайская, д. 12, т. (4872) 31-09-22
- Тула, пр-т Ленина, д. 18, т. (4872) 36-29-22
- Тюмень, ул. М.Горького, д. 44, стр. 4, ТРЦ «Гудвин», т. (3452) 79-05-13
- Уфа, пр. Октября, д. 26-40, ТРЦ «Семья», т. (3472)293-62-88
- Чебоксары, ТЦ «Мега Молл», ул. Калинина, д. 105а, т. (8352) 28-12-59
- Череповец, Советский пр-т, д. 88а, т. (8202) 53-61-22
- Ярославль, ул. Свободы, д. 12, т. (4852) 72-86-61

Широкий ассортимент электронных и аудиокниг
ИГ АСТ Вы можете найти на сайте www.elkniga.ru

Заказывайте книги почтой в любом уголке России
123022, Москва, а/я 71 «Книги — почтой»
или на сайте: shop.avanta.ru

Курьерская доставка по Москве и ближайшему Подмосковью:
Тел/факс: +7(495)259-60-44, 259-41-71

Приобретайте в Интернете на сайте: www.ozon.ru

Издательская группа АСТ www.ast.ru
129085, Москва, Звездный бульвар, д. 21, 7-й этаж
Информация по оптовым закупкам: (495) 615-01-01, факс 615-51-10
E-mail: zakaz@ast.ru

Любое использование материала данной книги,
полностью или частично, без разрешения
правообладателя запрещается.

Литературно-художественное издание

Акунин Борис
Пелагия и красный петух
Роман в 2 томах
Том 2

Художественный редактор О.Н. Адаскина
Технический редактор О.В. Панкрашина

Общероссийский классификатор продукции
ОК-005-93, том 2; 953000 — книги, брошюры

Санитарно-эпидемиологическое заключение
№ 77.99.60.953.Д.012280.10.09 от 20.10.09 г.

ООО «Издательство АСТ»
141100, Россия, Московская область, г. Щелково, ул. Заречная, д.
Наши электронные адреса: WWW.AST.RU E-mail: astpub@aha.r

Широкий ассортимент электронных и аудиокниг
ИГ АСТ Вы можете найти на сайте www.elkniga.ru

ООО «Издательство «Астрель»
129085, г. Москва, пр-д Ольминского, д. 3а

Отпечатано с готовых диапозитивов
в типографии ООО «Полиграфиздат»
144003, г. Электросталь, Московская область, ул. Тевосяна, д. 25